エレナ嬢が羨ましいです……。
すごく羨ましいです……

ルーナ・ペレンメル

――ペラ。
次にページを捲ったのはその十
のこと。
も数倍遅い読書をする
身を読み込んでいる
かった。頭の中に内容
いなかった。
の趣味に集中できていなかっ
たけなのだ。
「……はあ」
ルーナの口から漏れたのは、深
いため息。
『ダメですね』なんて気持ちで本
を机に置く彼女は、プレゼントに
もらった宝物の栞を本に挟んで読

シア・アルマ

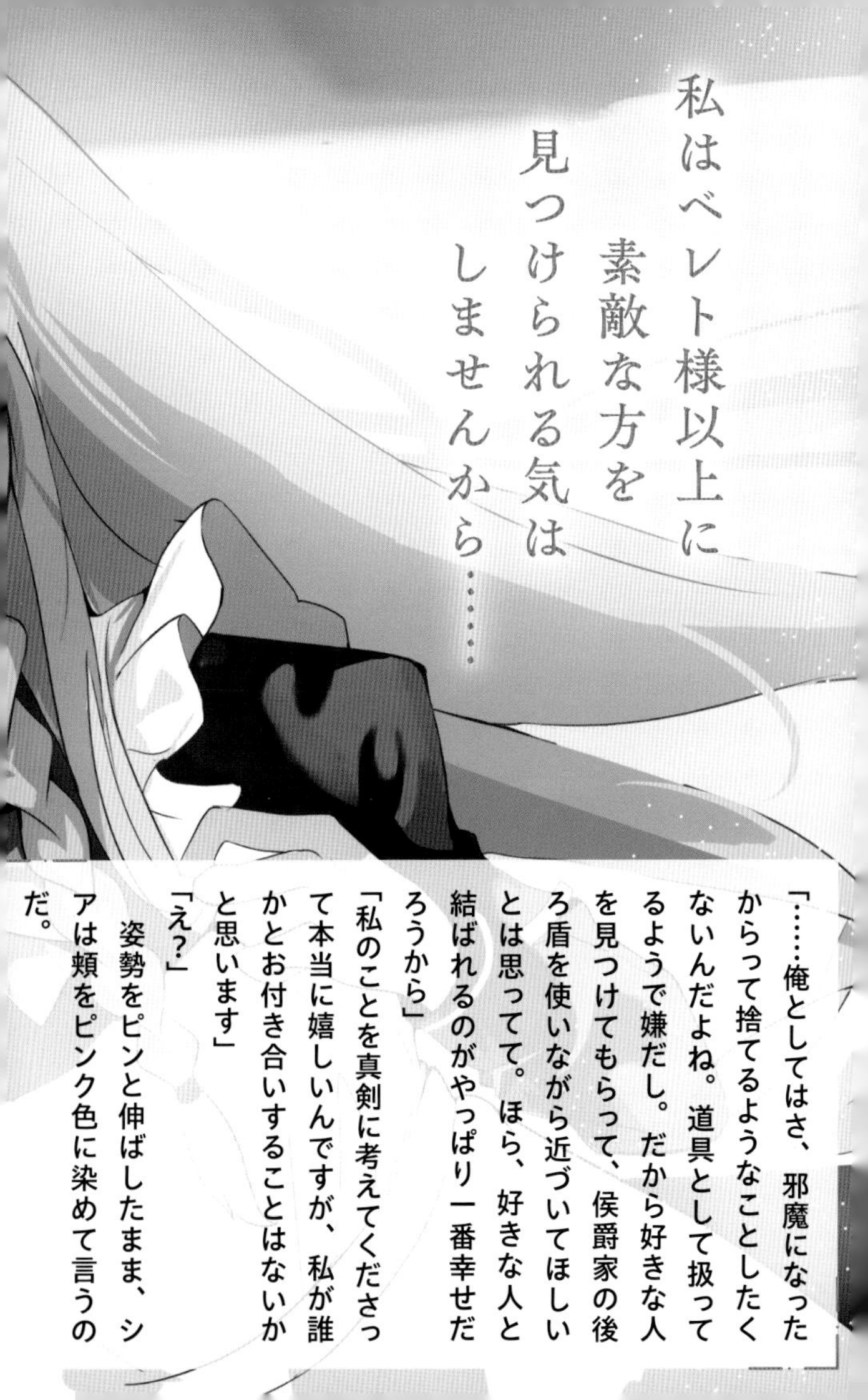
私はベレト様以上に
素敵な方を
見つけられる気は
しませんから……
「……俺としてはさ、邪魔になったからって捨てるようなことしたくないんだよね。道具として扱ってるようで嫌だし。だから好きな人を見つけてもらって、侯爵家の後ろ盾を使いながら近づいてほしいとは思ってて。ほら、好きな人と結ばれるのがやっぱり一番幸せだろうから」
「私のことを真剣に考えてくださって本当に嬉しいんですが、私が誰かとお付き合いすることはないかと思います」
「え？」
姿勢をピンと伸ばしたまま、シアは頬をピンク色に染めて言うのだ。

書のスイッチを切った
最近のルーナはずっとこの調子。
こうなっているのには、ちゃんと
した理由があった。

貴族令嬢。俺にだけなつく2

夏乃実

ファンタジア文庫

3303

口絵・本文イラスト　GreeN

貴族令嬢。俺にだけなつく 2

Aristocratic daughters got used to me.

プロローグ

広大な敷地《しきち》に構える白を基調としたレイヴェルワーツ学園のとある教室。

これは最初の授業が始まる前の空き時間のこと。

（……はあ。本当ご機嫌そうな顔しちゃって。周りが引いているじゃないのよ。なにか悪いことを企《たくら》んでいるんじゃないかって）

伯爵家長女、エレナ・ルクレールは隣に座っている男を――窓からの景色を見ながらニヤついている侯爵家嫡男、ベレト・セントフォードを横目に見ながら、呆《あき》れた声を心の中で漏らしていた。

この学園に通っている生徒のほぼ全員から恐れられているほど悪い噂《うわさ》を持つ彼は、さっきからずっとこの様子なのだ。

印象が悪すぎる男だからこそ、一人ニヤニヤしているだけで誤解されてしまうのだ。

（まったく……）

エレナは察していた。この男がなぜこんな風になっているのかを。

もし、その理由を教室にいる誰もが察していたのなら、こうして引かれるような状態は生まれていなかっただろう。

（顔に出ちゃうほど嬉《うれ》しいのね。贈ったプレゼントをシアに喜んでもらえていることが）

彼の優秀すぎる専属侍女、シアは今朝から着用していた。

ベレトが贈ったらしい黄色の髪留めと、紫水晶が装飾されたネックレスを。

そのプレゼントを学園でもつけてくれたからこそ、今のように嬉しさが溢《あふ》れているのだろうが——。

（あの子のことなんだから、なにを贈ったとしても喜んでくれるのはわかっていたでしょうに）

だからその顔はやめなさいよ。周りから引かれているんだから。というのが当たり前の主張。思いをぶつけるようにジト目でベレトを流し見する。

しかし、この視線には『羨ましい』という気持ちも多く含まれている。

そして気づいている。この主張が的外れなことを。

嫉妬に近い感情を抱いてしまっているせいで、それらしい主張を考えて、心のモヤモヤを払おうとしているだけ。

（はあ……。ベレトが『なにを贈っても喜んでくれる』なんて考えるわけがないわよね。あの子のことを真剣に考えて選んだに決まっているわ）

喜んでもらえるのか。気に入ってもらえるのか。立場上、気にする必要のない不安をこの男が抱えていたからこそ、ホッとした思いでニヤついているのだろう。

偉い身分のくせして全然貴族らしくないこの男だからこそ、そうとしか考えられないのだ。

（シアのプレゼントを購入しているとなると、休日にデートをしたルーナ嬢にもなにか贈っているのでしょうね……）

休日、男爵家三女のルーナとベレトがデートをしたことは伝わっている。

とてもよい雰囲気で楽しんでいたことは身内から聞いているのだ。

二人がディナーを楽しんだ場所が、当家が経営しているレストランだったことで。

エレナがモヤモヤしてしまうのは、この男とまだしていないことをルーナがしているから。

そして自分だけプレゼントをもらえていないから。

女々しいことで拗《す》ねていることはわかっている。プレゼントをされる理由がないこともわかっている。

だが、好意的に見ているこの男だからこそ……このような感情が湧き上がってしまう。

「ねえベレト」

「……」

聞こえていない。完全に自分の世界に入っている。

(本当、あたしの気も知らないで……。コイツは……)

もしかしたら、あのデートに満足したことも含めてこうなっているのかもしれない。

「もう……」

できることならば、この男の顔を両手で挟んでぐぐと、こちらに向かせたい。

少しでも意識してもらえるように……。

(って、今は切り替えないとダメよね……。今の状態で渡すのは好ましくないわ。お父様からアイツに宛てたお手紙を渡さないといけないんだから……)

昨晩、とある理由で渡すように頼まれた手紙。

そんな大事な手紙を不満そうに渡してしまえば、変な誤解を生んでしまう可能性がある。

家名に傷をつけないためにも、これだけは絶対に避けなければならないこと。

(とりあえず今はコイツのことを考えないように……)

『羨ましい』なんてちっぽけな感情一つで、取り返しのつかないことに陥らないためにも、プイッと顔を背けるエレナだった。

第一章　それぞれの想い

「なーにニヤニヤしているのよ。薄気味悪いわね」

「ッ⁉」

窓からの景色を見ながら物思いに耽《ふ》けていたベレトは、突然肩を叩《たた》かれてビクッと体が動く。

すぐに振り返れば、そこには伯爵家出自の令嬢が立っていた。

腰まで伸びた綺麗《きれい》な赤髪、紫色の目。筋の整った鼻にピンク色の唇。

綺麗な容姿を持つエレナの不意の登場は、肩を叩かれたことを含めて動揺するものがある。

「あっ、えっ？　俺……ニヤニヤしてた？」

「してたわよ。どうせシアに渡したプレゼントの件でそんな風になっていたんでしょうけど？」

「あ、あはは……」

『正解』という苦笑い。

「なんて言うか、ああしてプレゼントを学園でもつけてくれるのは、やっぱり嬉しいなあ……って」

「ふーん。あの子のことだから、あなたのプレゼントならなんでも喜んでくれると思うのだけど」

「ま、まあそんな感じがしないでもないけど……どうせ喜んでくれるなら、もっと喜んでもらえるようなプレゼントを選べる方がいいでしょ？」

「ふふっ、なるほどね」

まるで予想通りと言わんばかりに軽く流すエレナ。

そんな彼女に対し、ベレトは急に表情を変える。

「だけどさ、今思えばあのプレゼントを渡したことでシアの立場が悪くならないか少し心配なんだよね」

「え？　それはどのような意味で？」

「自分がシアにプレゼントしたものって髪留めとネックレスでしょ？　髪留めならまだしも、ネックレスは学園に必要のないものだからさ。他の貴族から変に目をつけられないかなって」

「さすがにそれは心配しすぎよ。装飾品はこの学園で禁止されているものではないのだし、あたしだって学園には不必要なチョーカーをしているわよ？」

しなやかな手を細い首に当て、チョーカーを示すエレナ。一つ一つの動作が上品に見えるのは気のせいではないだろう。

「シアがエレナと同じ立場なら心配はしないけど、従者って立場だからなぁ……」

「もう忘れたのかしら。シアは学園で敵なしなのよ？　あの子に嫌われたら学園に通えなくなるって言われるくらいの味方がいるんだから」

「あっ、言われてみれば……」

ほわわんとした雰囲気を持ち、純粋で無垢《むく》な専属侍女。攻撃されたらすぐに負けてしまうような印象が未《いま》だに拭えないベレトだったが、彼女の言い分でハッとした。

シアを攻撃した瞬間、学園生活に支障が出ることが確定しているからこそ、誰も攻撃しようとしない。そんなサイクルが形成されていることに。

もちろん、今目の前にいる伯爵家のエレナと親密な仲であることも十分な圧になっているだろう。

「まあこれは最悪の話だけどね？　優秀なあの子のことだから難癖をつけられないように立ち回るはずよ」

「難癖をつけられないような立ち回りって……？」

「敵意を向けられそうな相手には率先してお話をするようにして、交流を図ったり」

「え……？　そんなことができるの？」

「シアだもの」

それで説明がついてしまうのも、納得できてしまうのも、本当に『シアだから』である。

「まあ、ベレトがいない前ではネックレスをブラウスの中に入れて、周りから見えないようにもするでしょうけどね。シアが譲れないのは、見せびらかすよりも、慕っているあなたからの大事なプレゼントを身につけることだと思わない？」

「お、思う」

こうして即答するのは、今朝『絶対につけていきたいです』と聞かなかったシアだったから。

「でしょ？　つまりそういうこと」

納得させてくれた上で、『心配するだけ無駄』との結論に導いてくれたエレナには本当に感謝しかない。

不安も心配もどうにか払うことができた。

「それともう一つ。今のあなた、侍女のクラス〝では〟もっと有名になると思うわよ。とてもお優しい御仁だってね」

「んっ⁉　なにそれ。初耳なんだけど」

身に覚えもなく、聞き覚えもなく、予想すらしてなかったことを言われる。

「あなたが当たり前だと思っている優しい行動を言いふらしている人がいるんじゃない？　知らないけど」

「……もしかしてシア？　って、侍女のクラスだからシアじゃん」

犯人はすぐに特定した。

「ふふふ。あなたって悪い噂《うわさ》があるから、その手の質問は当たり前に彼女に飛ぶでしょ？　で、あの子のことだからどんどん自慢するでしょう？　それに今回のプレゼントの件が加わるとなると、当然そうもなるわよね。主人が侍女にプレゼントをするってなかなかないことだし」

「……」

「ちなみに、今では十人くらい集まってくるそうよ。あなたのいい話をするとすぐに」

「な。なんだそれ……。絶対誇張して話してるからだって……」

思わず顔が引き攣《つ》る。

シアが自慢している光景を想像するだけで恥ずかしくなる。

「それくらい自慢のご主人ってことなんだから、堂々としたらどう？」

「それは……そうだけどさ」

頭を掻《か》いて照れ隠しをする。

正直、あまり注目を浴びるような行動は避けてほしいが、なにも悪いことをしていないシアである。

聞かれたことに対して、思ったことを答えているだけだろう。

さすがに『やめてほしい』なんて言うことはできない。仮にそう言えば、きっと悲しい顔をするはずだから。

「あら、ほんの少しだけ可愛《かわい》いわね。あなたの照れているお顔」

「からかうのはやめようか」

「いつもあたしをからかってくる仕返しよ」

「……」

『正論でしょ？』なんて不敵な笑みを浮かべて頬を突いてくるエレナ。無抵抗のベレトは責める目線を送り続ける。

「あっ、話は変わるけどシアへのプレゼントはいつ購入したの？　休日はルーナ嬢とデートだったでしょ？」

「その頬の攻撃をやめてくれたら教える」

「それなら仕方がないわね」

等価交換というのか、すぐにやめてくれる。

もしこう言わなければ一体いつまで続けていたのか、それは永遠の謎である。

「で、早く教えなさいよ」

「プレゼントを買ったのは、ルーナと一緒に遊んだその日だよ」

「えっ？　デート中に堂々と選んだってこと？」

「そういうわけじゃなくて……最初にルーナからその提案をもらったんだよね。実際に自分もなにか贈りたかったから、アドバイスをもらいつつ選んだ、みたいな」

「ふーん……。ルーナ嬢は優しいのね。あたしならデート中にほかの女の子の話題が出るだけでモヤモヤしちゃうもの。もうその手の話題が出ないように、なにかしらの意地悪を企てるわ」

「ははっ、なんかエレナらしい感じもする」

「う、うるさいわね……。心が狭いのはわかっているわよ」

「別にそうは言ってないって」

こればかりは心が狭いというより、独占欲がどれだけ強いかの違いだろう。

また、親しくなれば親しくなるだけ彼女の微笑《ほほえ》ましい一面になるはずである。

「──くふふ、ははっ」

「ねえ、そんなに笑わないでくれる？　本当に」

「ご、ごめんごめん。どんな意地悪をしてくるのか想像しちゃって」

「どんな意地悪……ねえ。じゃあ特別に教えてあげようかしら」

「へ？」

途端のこと。柔和な空気が一瞬にして変化するほど、エレナの声色や表情が真剣なものに変わったのだ。

なにをするかと身構えれば、彼女はカバンの中から一枚の手紙を取り出したのだ。

「はいこれ。ほかの人のことなんか考えられなくなるくらいの意地悪をするわよ。あたしは」

そのまま器用な言葉の繋《つな》げ方をして手渡しをしてくる。

「あ、ありがとう……」

エレナが話しかけてきたのは、最初からこの本題を話すためでもあったのだろう。

その手紙を両手で受け取り、目に入れた瞬間である。

「……」

言葉を失うものが目に映るのだ。

伯爵家、ルクレールの紋章で封蝋《ふうろう》された——お屋敷《やしき》への招待状が。

差出人はエレナの父君、イルチェスタス・ルクレール伯爵。

宛先は……ベレト・セントフォード。つまりは自分。

「ち、ちょっと待って。なんでこんな風になったの？」

「それはわからないわ。あたしはただ渡すようにお父様にお願いされただけだから」

「……」

手紙は受け取ったものの、指先が震える。差出人の名前には圧しかない。

もう一つ言えば、筆記体のように繋がった特殊な字になっていることもある。正しく達筆と言えるような文字で書き慣れていることが窺《うかが》える。

「お、俺……なにしたんだろう……」

「お父様はこうおっしゃっていたわよ。『調理をする者を敬い、補助まで考えられるその人柄は大変素晴らしい。若さゆえにも感銘した』って」

「……ん？　……あっ」

エレナから伝えられた言葉を噛《か》み砕くこと数秒。ベレトには思い当たる節が一つだけあった。

休日、ルーナと共にしたディナーでのこと。

『あなたは本当に変わっていますよね。侯爵家の御子息がお料理を嗜《たしな》んでいるなんて聞いたことありませんよ。言い方は悪くなりますが、お料理は身分の低い者の仕事と認識されていますよね。身分の高い方であればあるだけ敬遠するものですよ』

『自分を褒めるわけじゃないけど、敬遠しないからルーナと気が合うんだろうね』

『……』

『そもそも俺は身分の低い人がする仕事だと思っていないし、立派な仕事だと思ってるよ』

『あの、あなたがなぜお料理を始めたのか、その理由が気になります』

『えっと、あまり理解されないかもだけど、料理のスキルがあれば使用人が体調を崩した時にサポートができるでしょ？　身につけておいて損のないことだと思って』

『普通ならば、使用人がクビになってもおかしくない案件ですね』

『ミスをしない人間なんていないんだから、時に迷惑をかけてしまうのは仕方がないよ。わざと迷惑をかけたわけでもないんだし、体調管理に気をつけていても体が悪くなったりするしさ』

エレナの父親が経営するレストランの一つ、エフィールでした会話が。

もし、あの時の会話を偶然聞かれていたならば——辻褄《つじつま》は合う。

「あ、あのさ……？　エレナの父君って俺の顔知ってる？」

「当たり前よ。周辺貴族の顔と名前は全て頭に入っているわ」

可能性がさらに高まった。

「ちなみに、二日前はエフィールって名前のレストランにいらっしゃったりした？」

「二日前は……確かにそうね。ちょうどその日が弟のアランとお父様の相談日で、閉店後にエフィールでお話しするって予定だったわ。お仕事のついでってことで」

「そ、そっかぁ……」

あの店にルクレール伯爵がいて会話を聞かれていた。これが確信的なものとなった。

「言っておくけど、紋章入りの封蝋だから、お父様からの本気のご招待よ。悪い意味のものであるはずがないわ」

「だ、だよね……」

「ふふっ、あなたが悪いのよ？　お父様に気に入られるようなことをしたんだから」

「……」

呆気《あっけ》に取られていれば、なぜかエレナが喜色を滲《にじ》ませている。

「まあ、あなたが断るとは思えないから……頑張りなさいよ。ベレトなら嬉《うれ》しいから、あたしは」

「正確に言えば頑張るしかない、なんだけどね。あはは……」

そう返事をし、彼女の小さな呟《つぶや》きに疑問を抱いたのは、言い終わって少し経《た》ってから。

「ん？『あたしは嬉しい』ってどういう意味……って、あれ？」

首を動かして問いかけるも、いつの間にかエレナはこの場を離れていた。

＊＊＊

二時間目の授業終わり。その設けられた休み時間でのこと。

早足で図書室の入り口扉を開ける女の子がいた。

その子は迷う素ぶりを見せることなくカウンターに向かい、司書に声をかけるのだ。

「あの……お尋ねなのですが本日、ルーナ様はご登校されておりますでしょうか？」

「はい、登校されておりますよ。彼女でしたら二階の方に」

「ありがとうございますっ！」

大きく頭を下げて司書にお礼を伝えると、また早足で階段を上っていく。

そして、すぐに見つけるのだ。

二階に備えられたソファーで腰を下ろし、絵になるような姿で静かに読書を行っている本食いの才女、ルーナ・ペレンメルを。

そんな彼女は誰をも引き寄せない空気を纏《まと》わせながら、眠たげな目をしてページを捲《めく》っている。

『読書の邪魔をしないで』

そんな雰囲気を直《じか》に感じ、思わず動きを止めて戸惑いの表情を浮かべる女の子だが、この状況はすぐに解決される。

人の気配を感じ取ったルーナはゆっくりと顔を上げ、近づいてきた女の子を確認すると、四つ葉を象《かたど》った金属製の栞《しおり》を本に挟んで立ち上がるのだ。

『読書を中断する』というのは彼女にとって大変珍しい行動。しかし、訪ねてきた人物にはそれだけの興味があったのだ。

ルーナはこの硬い空気を払拭《ふっしょく》するように、自ら声をかけた。

「ごきげんよう。シアさんですね」

「は、はいっ！　ごきげんよろしゅうございます。読書中にお邪魔してしまい申し訳ございません」

「いえ」

『気にしないでください』と小さく首を振り、再度目を合わせるルーナは話を広げるように言葉を続ける。

「本日はどうされましたか。わたしに用があるのですよね」

「おっしゃる通りです。休日の件でのお礼と、個人的なお礼をさせていただきたく参りました っ‼」

「休日の件とは、一昨日にあなたのご主人と遊ばせていただいたこと……ですね」

「はい！」

本心を表に出すなら『デート』と言い換えたいルーナだが、専属侍女の前でそのように伝えるのは気が咎《とが》めた。

侯爵家の嫡男と男爵家の三女。立場は比べるまでもないのだから。

絶対に変わりようのない身分差に胸が苦しくなるルーナは、『その内容とは』と、これ以上深く考え込まないように本題を促すのだ。

「では、休日の件より先にお話しさせていただきます。一昨日はベレト様にお付き合いいただきありがとうございました！　ご予定していたお帰りの時間よりも遅くなってしまったかと存じますが……ベレト様は『とても楽しかった』とおっしゃっておりました！」

「そ、そうですか。わたしも同じように過ごせましたので、お礼の必要はありませんよ」

その報告を受け、ほんの少し声を上擦らせる。

この手の感想は本人から教えてもらうよりも、第三者から教えてもらう方が数倍も心に響くもの。嬉しくなるもの。

報告を聞けただけで読書をやめてよかったと思えるのは、今まで想像すらしていなかったことであり、胸の苦しさがすぐに和らぐことでもある。

「ベレト・セントフォードはその他にもなにか……漏らしていましたか」

「ルーナ様とまたおデートをしたいと口にしておりました！」

「っ」

シアの優秀さが一瞬で伝わる一コマだろう。

表情が乏しいルーナの本心を汲《く》み取り、その言葉を使ってスラスラ質問に答えたのだから。

こうした話術により、ベレトとルーナをさらに繋ぐように立ち回っている。

「……」

これ以上、目の前の人物に主導権を握られたのなら、我慢ができないほど口角が上がってしまう。そう悟ってしまうほど。

「シアさん……。わたしはいつでも空いているので、『またお誘いください』とベレト・

セントフォードにお伝えしてもらえますか」

「承りました！」

悟ってしまったからこそ、上手にこの話題を終わらせる。

そうして自然な流れでもう一つの用件を促そうとすれば——。

「あの、それでは私個人の用件をお話ししてもよろしいでしょうか……？」

「も、もちろん構いませんよ」

シアが先に動くのだ。まるでルーナの考えを全て見透かしているように。

学園の成績でどれだけ優秀なのかは知っていたが、こうして直に体験するのは初めてのこと。

思わず口ごもってしまう。

「では……個人の用件ですが、一昨日は本当にありがとうございましたっ‼」

「それは先ほどお受け取りしたお礼では」

「いえっ、それとは少しまた違った内容でして！」

小さな手をパタパタしながら、詳しく話すのだ。

「一昨日のおデート中、ルーナ様がベレト様へ、私のことをいろいろお伝えいただいたようでっ！　そのお陰様でベレト様にたくさん褒めていただけたんですっ！」

「なにか不都合はありませんでしたか。勝手にいろいろとお話ししてしまいましたから」

「お礼の通り、なにもそのようなことは！」

「でしたら安心しました。よかったですね」

「はいっ！　私の頭まで撫《な》でていただきまして……。あと、こちらの髪留めとこちらのネックレスもプレゼントしていただけたんです！　えへへ……」

「……」

　主人の話題になった途端、ほっぺが落ちるほどのだらしない顔になるシア。さっきまでの優秀さはどこへいったのか。そんなツッコミを入れられそうな満面の笑みを浮かべ、髪留めとネックレスをアピールされる。

　シアからすれば、ルーナがそのように伝えてくれたおかげで、嬉しいことが起きたのだ。筋を通す報告だが、これを聞くルーナは微笑《ほほえ》ましい気持ちから一変、口を閉ざす。

　それは当然だろう。

　彼女同様に栞というプレゼントをもらったルーナだが、頭を撫でてもらえてはいないのだから。

　芽生えるのは羨ましいという気持ち。

『あなたが毎日努力をしているからですよ』なんてシアを褒めようとしたが、もう言えない。

蕩《とろ》けたような表情を見るだけモヤモヤのメーターが上がっていく。

「……シアさん」

「はいっ」

「念のために、わたしも彼からプレゼントをいただいていますからね。とても素敵なものを」

「そうなのですかっ⁉」

「ええ」

絶対に意図していなかったことだが、マウントを取られたからには取り返す。

本に挟んだ栞を引っ張り、証拠と言わんばかりに見せつける。

『あなたもモヤモヤしなさい』そんな反撃である――が。

「わあ、本当に素敵なプレゼントですねっ！　さすがはベレト様です‼」

「……」

想定通りにはいかない。

両手を合わせ、キラキラとした表情のままシアは言葉を続けるのだ。

「ベレト様がお喜ばれになることですので、プレゼントをお使いいただけてますとのご報告を行ってもよろしいでしょうか⁉」

「……あ、あの。あなたから伝えるのはご遠慮願います。……とても恥ずかしいですから」

元々、嫉妬をさせるつもりはなかったシアなのだ。

予想外の方向からカウンターを食《く》らってしまう。

完全にしてやられたルーナは、『シアさんだけ頭を撫でられて……』なんてモヤモヤをさらに抱えることになる。

今できる反抗は、その羨ましさを表に出さないことだけである。

「……シアさんの用件は以上ですか」

「はい！　お時間を作っていただきありがとうございました！」

「……いえ。あなたはよく動かれると思うので、ネックレスの紛失には気をつけてくださいね。宝物かと思いますので」

「ありがとうございますっ、えへへ」

「……」

この学園に在籍する中で一番優秀だと言われているシアのにまあとした顔を見てルーナは再度思う。

『見た目に騙《だま》されてはいけませんね』と。

「そ、それでは私はこれにて失礼いたします！」

「……あの、シアさん。最後に」

「はいっ⁉」

「あなたのご主人の自慢話、今度わたしにも聞かせてください。興味がありますから」

「本当ですかっ！　では昨日のことになるのですがっ‼」

「……ふふ、後日で構いませんよ。次の授業に遅刻してしまうのでは」

「あっ、申し訳ございません！　それでは失礼いたしますっ‼」

素早く時計を確認したシアは一礼した後、差した影のようにサッと消えていった。

そうして、再来する静かな空間。

「……やはり恐ろしいですね、彼女は」

ベレトの話になった時のだらしない顔。その話題にのみ現れる抜けた姿。その一方で遅刻が迫った時の真剣な表情に、上品さを保った高速の移動速度。

『人間はこんなにも変化することができるのか』そんな衝撃の体験をしたルーナは、一息ついて椅子に座り直す。

「さて……どのページまで読み進めましたかね、わたしは」

シアに見せびらかすために栞を取ってしまったばかりに、後悔の声を図書室に漏らしていた。

＊＊＊＊

その同時刻。

「エレナ、今日一緒に帰らない？」

「な、なによ突然……」

エレナと共に廊下を歩きながら、ベレトはこんな提案をしていた。

「いや、その……まあね？」

「あー、わかったわ。もしかしなくても怖いんでしょ？　お父様の招待状をあなた一人で確認することが。まだ開いてなかったものね」

「……そ、それわかってるなら聞かなくてもよくない？」

「ふっ、十八歳にもなって一人で手紙も開けないだなんて。将来が心配だわ」

ぽんぽんと肩を叩《たた》かれる。

隣を見れば、口元に手を当てて紫の目を細めているエレナがいる。

完全なるおちょくりである。

「はあ。自分が有利になった途端にからかってくるんだから。エレナは」

「今朝も言ったけれど、いつもあたしに意地悪をするあなたが悪いのよ。普通はこのようなことしないんだから」

「これ今さらだけど、俺ってそんなに意地悪してる？」

「してるわよ。アランの相談に乗ってくれたのにあたしに教えなかったり、照れてなんかないのに『照れてる？』とかニヤニヤして聞いてきたり」

「ニヤニヤしてた記憶はないんだけどなぁ……」

（って意地悪っていう意地悪じゃないような）

なんて思うものの、雰囲気を崩さないために心の中に留《とど》めておく。

「まあ、意地悪なのはエレナもだし」

「ふーん。どこが意地悪なのか言ってみなさいよ」

「アラン君の相談に乗ったお礼でもらったチョコレート、ほんの少しだけ溶けてた。これは地味な嫌がらせと見てる」

「あ、あなたねえ……。そんな可愛《かわい》い嫌がらせを考えるのはシアくらいよ」

「あはは、それは確かに」

軽口を言っていることは彼女にも伝わっているようだ。

「もしチョコを使った嫌がらせをするなら、ドロドロに溶かして渡すわよ。あたしは」

「可愛くない嫌がらせで」

「ちなみにあなたはどうなのよ」

「俺はそうだなあ……。『チョコあげるから手を出して』って言って、捕まえてきた虫を手に乗せる」

「……はあ。そんな貴族には考えつかない発想ができるから悪い噂《うわさ》が流れるのよ」

「はい、すみません」

前世ではなかなかに有名な悪戯《いたずら》だったが、この世界ではあり得ないことらしい。別の世界にいることを改めて実感する。

「……あなたって真面目な時とそうでない時で差があるわよね、本当」

「そんなに？」

「ええ、ギャップを狙っているんじゃないかって勘違いするくらいよ」

「それほどなんだ」

褒め言葉だろう。素直に受け取る自分である。

「あっ、ちょっと話を戻すんだけど、あの時にもらったチョコはシアにもあげたよ。本当に美味《おい》しかったから、残りを食べさせようって思って」

「相変わらず優しいことしてるのね。あの子の反応はどうだったかしら」

「最初に小さく食べて、『んん！』って言いながら目を大きくして、二口目で全部口に入れてもぐもぐ味わってた」

わかりやすく顔に出る純粋なシアなのだ。見たままのことを簡単に表現することができる。

「あらそう。そんなに喜んでもらえたなら、今度また持ってくるわ」

「い、いいの？　チョコレートって高級品でしょ？」

「さあどうでしょうね。あなたがよく使う濁した返事で答えてあげる」

「こればかりは正直に教えてほしいのに……」

「仮に高価だった場合、あなたは素直に受け取ってくれるのかしら？　聞かない方が賢明でしょ？」

「……そ、そっか。ありがとう。シアもきっと喜ぶよ」

今の答えで高価なことはわかったが、好意に甘えることにする。

エレナもそれでよかったのか、はにかんで裾を引っ張ってきた。

「一応言っておくけど、独り占めはしないでちょうだいね」

「そんなことしないって……」

それをすればシアが悲しんでしまう。

やるとするならば、チョコを渡すフリをして自分が食べるという悪戯をするくらいだ。

「じゃあ脱線したお話も終わったことで。……あなたと一緒に帰ってもいいわよ。あたしは」

「本当⁉」

「もちろん、見返りとしてあなたからのプレゼントを要求するけれど」

「え？」

予想外の交換条件に喜びから呆気《あっけ》に変わる。

「『え？』じゃないわよ。シアにはプレゼントをあげて、あたしにはなにもないってモヤモヤするじゃない」

ツンとした態度で、唇を少し尖《とが》らせながらエレナは言葉を続けた。

「それだけじゃないわ……。これから先、嬉《うれ》しそうな顔であの子に自慢されるのよ？　どうしてもズルいって気持ちになっちゃうの、わかるでしょ？　侍女の責任はあなたが取りなさいよ」

「はは、それを言われたら困るなあ」

たくさん顔に出てしまうばかりに、自慢として捉えられるシアは不憫《ふびん》なものだろう。

もちろん彼女もそれを理解している一人で、だからこその要求なのだろう。

「ちなみに、エレナはどんなプレゼントがほしいの？」

「……あなたの時間をプレゼントしてほしいわ」

「つ、つまり？」

「簡単な話よ。お父様と会談した後、あなたと一緒に過ごしたいの。『すぐに帰らないで』ってこと……」

こちらから用意するものはなにもない。一見、楽そうに見えるプレゼントだが、実際にはそうではない。

「も、もうそれアレじゃない？　父君との会談後ってことは、もう逃げ道を完全に潰すための策っていうか……」

「ふふっ、確かにそのような形にはなってしまうけど、それを狙ったわけではないわよ」

「本当？」

「ええ。本当に……ズルいって思っているだけよ。だからあたしとも遊んでちょうだい」

チラッと上目遣いで訴えてくる。

この時、エレナの声には確かな気持ちがこもっていた。

「そんなに遊びたかったんだ……？」

「あ、あのね。そうやって追及するから意地悪だって言ってるのよ……」

「ご、ごめんごめん！　じゃあエレナの父君とお話しさせてもらった後に、ゆっくりさせてもらおうかな」

「一応言っておくけれど、あたしの自室で、だから」

「わかった。って、客室じゃなくて？」

「そうだけど」

「ほう……」

「なによその返事。あたしと二人きりになるのは嫌ってことかしら。嫌って言ったら許さないけど」

「いや、そんなわけじゃないよ。ただ自室にお邪魔していいのかな……って」

「わ、悪かったらこんなお誘いはしないわよ。当たり前でしょ……」

頬を赤らめながらボソボソと言うエレナ。少し不機嫌そうな表情だが、ただ照れているだけである。

「い、言われてみればそうだね。じゃあその時はエレナのお部屋でお願い」

「約束よ。あたしとの時間も考えて時間の調整をしなさいよね」

「もちろんそうさせてもらうよ」

「……ん、ならいいわ」

大きく頷《うなず》くベレトを見て、エレナはそっぽを向く。

窓に反射するその顔に嬉笑《きしょう》が浮かんでいたことを、ベレトは気づいていなかった。


時は移り、昼休憩を迎えた時のこと。

「なにやら大きなお話になっていますね。あのディナー時にエレナ嬢の父君もいらっしゃっていたなんて」

「うん……。偶然が重なりすぎてて」

食事を済ませて図書室に向かったベレトは、今回のことをルーナに話していた。

読書をしながら返事をするわけではなく、読書をやめて目をしっかりこちらに合わせている珍しい彼女に。

「会談ってどんな内容になるんだろう……」

「おおよそ彼と行った相談内容についてでは。共通の話題になりますから」

「彼？　あ、ああ……アラン君か」

エレナの弟御、アランと相談したことは経営のことについて。

つまり、実績や経験がありすぎる相手の土俵に立って会談するということになる。

「はあ……」

「肩の荷が重いですよね。お相手がお相手ですから」

「そうなんだよ……。嫌ってわけじゃないけど、権力を持ってる人って怖いし」

「侯爵家のご子息がなにを言っているのですか」

「ま、まあそれはそれとして……」

無表情で抑揚のないツッコミを当たり前に入れられる。

「これを口にしても仕方がないことですが、あなたが困っている方を見過ごせる性格ならば、違った未来があったでしょうね」

「そんなこと言うけど、ルーナだって困ってる人は見過ごせないでしょ？」

「あなたほどのお人好《ひとよ》しではありませんよ」

「とてもそうは思えないけどなぁ。ルーナは優しいし、アラン君に手を貸そうとしてたし」

「あなたがそう思うのであれば、それで構いません。悪い印象ではありませんから」

「うんうん」

ルーナは難しい経営学書を読み込み、自分の意見までもメモに書き記していたのだ。それも『責任を問われる』リスクを理解していながら。

伯爵よりも地位が高く、そのリスクがあることすら知らなかった自分とは訳が違うのだ。

思い返しても、ルーナの取った行動は人情味があって真似《まね》したいと思えるほど。

「あの、会談が終わった後はすぐにご帰宅されるのですか」

「最初はその予定だったんだけど、少しの間エレナと過ごすことになったよ。実はお部屋に招待してもらって」

「え、自室に……ですか」

「やっぱり驚くよね。俺も客室か確認したんだけど、自室だって言うからさ」

「……なぜエレナ嬢はあなたを自室にご招待されたと思いますか」

「その方が都合いいからじゃない？　客室だと使用人さんが気遣いをしないとだろうし、エレナはそんなところを考えられる人だから」

「別の理由も考えられるのでは」

「別の理由？」

「……すみません、急に忘れてしまいました」

「ははっ、ルーナにもそんなことあるんだ」

「わたしも人間ですよ」

誤魔化し方が上手なばかりにベレトは気づかない。ルーナの中でとある答えが出ていたことに。

それを口にしなかったのは、教えるには適していないことだと考えたから。

「その代わり、あなたへのご報告を思い出しました」

「うん？」

「二時間目の休み時間になりますが、シアさんがわたしの元までご挨拶にこられましたよ」

「えっ、そうなの⁉　一体どんな用事で……って、読書の邪魔したりしなかった？」

「どうだと思いますか」

「な、なにその怖い聞き返し……」

読書の時間を大事にしているルーナだからこそ、心配になる。

さらには外に放せばずっと日向《ひなた》ぼっこをしているような無垢《むく》なシアなのだ。

『どのような本を読まれているのですか⁉』

なんてルーナが読んでいる本に興味を持ち、やらかしてしまっている可能性も――なんて考えるが、全ては杞憂《きゆう》だった。

「シアさんはとても優秀ですからね。しっかりされたご挨拶をしていただきました」

「そっか。それならよかった」

「ですが、悪意のないマウントを取られてしまいました」

「……ちょっと待って。ごめん、その話聞かせてくれる？」

安堵《あんど》の気持ちは一瞬だった。『ですが』から聞かされる『マウント』にはさすがに破壊力がある。

「嬉々として語っていましたよ。あなたにプレゼントをもらったこと。そして……頭を撫《な》でてもらったこと」

「ッ⁉」

「わたしはあなたに頭を撫でてもらえていませんし、シアさんもお礼を伝えにこられただけなので『悪意のないマウント』と言いました」

「な、なんか本当ごめんね？　シアは嬉しかったことを全部言っちゃうような性格で」

これればかりは注意しても直らないだろう。仮に注意したとしても口を滑らせることが容易《たやす》く想像できる。

さらには主人を立てることが一つの仕事でもある侍女にとって、この注意が正しくないのも事実。

今の学園生活を円満に送れているのだから、大きな問題とも言えないはずだ。

「シアさんの様子を見るに、複数回頭を撫でてもらったか、または長い時間撫でてもらったか。そこまでわかりました」

「う、うん……。正解」

表情だけでそこまで悟られるシアは本当に裏表がないのだろう。いつか悪い男に騙《だま》されないか本気で心配である。

「シアさんと会話をしてよくわかりました。あなたが本当に慕われていることを」

「……シアじゃなかったら、こんなことにはなってないけどね」

「わたしはそうは思えませんが」

「俺はそう思う」

こればかりはこちらの意見が正しいだろう。過去は本当に酷《ひど》いことを行ってきたのだ。

『その行為がシアを成長させるため』なんて理由を信じてくれたのは、シアが純粋だったから。

その一言で片づけられること。

「……普段はシアさんから求められて頭を撫でているのですか」

「ま、まあそのスキンシップを取るようになったのは本当に最近のことだけど、基本はそんな感じかな」

「そう、ですか」

言葉を区切って、噛《か》み砕いているようなルーナ。

「ルーナはそういうこと気になるの？」

「今までそう思うことはありませんでしたが、シアさんの表情を見て一度体験してみたくなりました」

「あっ、ルーナって三女だから、お姉さんにしてもらうといいんじゃない？」

「同性にしてもらうよりも、異性にしてもらう方が個人的にはよいです」

「あー。確かにそれも一理あるね」

「……」

「……え？」

彼女の意見に賛同した途端、なぜか口を閉じて眠たげな目で凝視される。

「気のせいかもだけど、俺に頼もうとしてる……？」

「もし仮の話ですが、そのような図に乗ったことをわたしが求めた場合……あなたはどうしますか」

「うーん。やっぱりそれは難しいよ。もちろん嫌ってわけじゃなくて、恥ずかしくて。あと状況もあるし」

「詳しく教えてください」

「頭を撫でるって行為はあまりすることじゃないから、いいことをしたとか、偉いことをしたとか、そんな状況がないとハードルが高いっていうか」

「……」

「俺の頭を撫でてみる？　って言われたらルーナも難しく感じるでしょ？」

「……納得しました」

「それはよかった」

なんて返事をする自分に——、ルーナは声を出さず、口だけを小さく動かしていた。

『よくないですよ』と。

ルーナはたくさんの考えを張り巡らせているのだ。

エレナの父君から招待された会談の最後、もしかしたら縁談のような話も出てくるのかもしれない、と。

さらには自室への招待。

その前提としてあるのは、大切な人でなければ絶対に招き入れない場所ということ。

自室は大切な人でなければ絶対に招き入れない場所。

「……」

これは一昨日、二人でデートをしたことに対する牽制《けんせい》もあるだろう。

『自室でベレトと過ごす』これほどの牽制はないのだから。

それに対抗するように、そしてもっと仲良くなるために頭を撫でてほしかったルーナだが、妙に納得させられてしまった。

狙い通りに進まず、焦《あせ》りが出る。

『……エレナ嬢、少しくらいわたしに譲ってくれてもいいではありませんか……』

どうしようもないモヤモヤに、どうしようもない嫉妬。

今日、我慢できたルーナだが……プレゼントにもらった栞《しおり》を見るたびに不安を募らせることになる。

いつの日か、その気持ちが溢《あふ》れてしまうのは自然のことなのかもしれない――。

＊＊＊

「これはこれはお久しぶりでございます。エレナお嬢様」

「久方ぶりね。少しお邪魔させてもらうわ」

「喜ばしい限りでございます」

「あの席をお願いできるかしら」

「かしこまりました。ごゆるりとお過ごしください」

この会話を耳に入れるのは放課後のこと。エレナの父親が経営するレストランに入店した時である。

特別席に当たるのだろうか、二階の隅にある個室へとスタッフに案内される。

「えっと……なんかここの席だけ周りと違くない？」

「招待制の席だもの。お父様のコネクションを使っているだけだから自慢して言えることではないけれど」

「勝手に使って大丈夫なの？」

「もちろん許可を出されていることだから」

「へえ……」

清潔感のある広い空間。高価そうな壺《つぼ》に額縁に入った絵画。質のよい椅子にテーブル。

いかにも商談用に設計された一室になっていた。

そして、予《あらかじ》め聞いているのはルクレール家に招待された者も無料で利用できるということ。

「ご自宅でのディナーも控えているでしょうから、飲み物程度で構わないかしら」

「そうしてもらえると助かるよ。お金を出さないのに、働いている方を忙しくさせるわけにもいかないしね」

「……」

「なにその『うわ～』みたいな顔」

「そ、そんな言い方はやめなさいよ。相変わらずのやつが出てきたわねって思っただけ」

なにか言いたげに無言で薄目を作るエレナにツッコミを入れると、ピクピクと眉を動かして補足される。

「本当に大人よね、あなたって。普通はそんなところまで考えられないもの。今の言葉でハッとさせられたわ」

「ただの入れ知恵だけどね？」

「ふーん。そんな限定的な入れ知恵を一体誰から授かったのかしら」

「……」

「ふふっ、ほら嘘《うそ》つき」

違和感のある考えだったかと真顔で誤魔化してみたものの、完全にバレていた。

紫の目を優しく細めたエレナは、こちらに微笑を浮かべた後に店員を呼ぶ。

そして、要望を伝え終わると再度話しかけてくる。

「そう言えば、シアは連れてこなかったのね。一緒にいるものだと思っていたけれど」

「誘ったは誘ったんだけど、『お仕事が残っておりますので』って丁重に。荷物持ちとかその手の用ならついてきたと思うんだけど、ここは自分の出番じゃないって考えたみたい」

「あら、そうだったの」

「仕事がある時は絶対にそっちを優先するのは本当にすごいよ」

それも、名残惜しそうな顔をすることなく……当たり前の顔をして、である。

この行動を取れる従者は果たして何人いるのだろうか。間違いなく少数派の行動だろう。

誘いに乗りさえすれば、一時的に仕事から離れることもできるのだから。

「引き留めたりはしなかったの？　あなたのことだから『気晴らしにどう？』みたいなことで言い包《くる》められそうだけど」

「シアが決めたことをひっくり返すようなことはしないよ。自己満足で甘やかしすぎるのは却《かえ》って毒になると思うし」

「毒？」

「エレナも知ってるだろうけど、シアってサボることを知らないくらい真面目だからさ。自分が決めた仕事をどんどん取り上げちゃったら、自分の存在意義を見失うんじゃないかって思ってて。『自分がいなくても平気なんじゃないか』みたいに」

純粋な人ほど繊細だと聞く。侍女の仕事を真剣に行っているシアだからこそ、このように考えてしまう可能性がある。

「ふーん。シアのことをよく見ているからこそのセリフね。さすがじゃない」

「ま、まあ、体を動かせば動かすだけ奉仕ができる……みたいな信念がシアにはあるみたいでさ。その証拠に『隣にいてくれるだけでも元気がもらえる』みたいなことを言っても、その理屈は理解できないみたいで」

「真面目な顔で説明しているところ申し訳ないけど、恥ずかしいこと言っているのね、あなたって」

「そ、そこは別にいいでしょ……。本当に心配になるくらいに体を動かしてるんだから」

なんて言い返すものの、言われた通りである。

ニヤニヤしているエレナに照れ隠しをするが、心配になるくらい体を動かすことについては心当たりがあった。

(多分だけど、ベレト君のせいだよなぁ……。理不尽に当たって、パワハラしていたから)

自分がこの体に転移する前、毎日のように怒っていたベレトなのだ。

シアの立場からすれば、怒られないために一生懸命体を動かし、頑張っている姿を見せる以外に認めてもらう方法はなかっただろう。

残念なことに、この考えでなければ説明がつかない。

その過去があってもなお、慕ってくれるシアには本当に頭が上がらない。

「とりあえず、これからもシアのこと大切にしてちょうだいね。当たり前のことだけど、あたしの友達でもあるんだから」

「もちろんわかってるよ」

今のベレトは自分なのだ。これからは大変な思いをさせないように、伸び伸びとした環境を作り上げるつもりだ。

「あ、シアの友達としてついでに言わせてもらうけど、あのプレゼントはあなたの趣味を出しすぎじゃない？　あの子は喜んでいるから、別に悪いとは言わないけど」

「趣味を出しすぎって言うと？」

「髪留めのことよ。前髪を留めておでこを出しているから、普段よりも二歳くらい幼く感じたわ。シアが前髪を留めているのは初めて見たから、あなたが原因でしょ？　絶対」

「あ、あはは……。それのことね。それはなんて言うか、結果的にそうなっちゃっただけで……」

一昨日、プレゼントを贈った後日である。おでこが出ないような髪留めの方法を提案してみたが、『最初にベレト様につけていただいたこの位置がいいです』と譲らなかったシアなのだ。

結果、普段よりも幼く見える姿でレイヴェルワーツ学園に登校したわけである。

「だから俺にそんな趣味はないからね？　本当に」

「へえー」

間延びした声を出すエレナは、疑うような眼差《まなざ》しを向けてくる。

「ここは信じてほしいところなんだけど……」

「だってよく言うじゃない。男の人は若い女の子が好きだって。あなたも年下が好みなんじゃないの？　関わりのあるルーナ嬢だって年下だし」

「それは偶然」

「偶然って言うのなら、あなたはその……同年代とかでも特に問題はないの？」

おずおずと上目遣いで聞いてくる珍しいエレナ。

「え？　当たり前だけど」

「あ、当たり前なの？」

「そうだけど、エレナは違うの？」

「……教えてあげない」

「な、なんだそれ」

「ふふっ……。まあそれならいいのよ。それなら」

ツンとした態度から一変、いきなりエレナがはにかんだ時だった。個室にノックがされる。

『どうぞ』とエレナがご機嫌に声をかければ、店員がゆっくりドアを開け、飲み物を運んでくる。

ベレトは頭を下げ、エレナはお礼の手を挙げると笑顔を見せて退出していった。

「……ん、今のうちにお父様からのお手紙を見たらどうかしら。いいタイミングだと思うけど」

「そっか。じゃあそうしようかな」

その促しに従い、封蝋《ふうろう》された手紙をポケットから取り出し、緊張のまま向かい合う。

そうして、破らないように開封して中の便箋《びんせん》を広げた時、思わず顔を顰《しか》める。

「や、やっぱり難しい文字になってるな……。宛名を見た時から思ってたけど、これだと内容まで読めないかも……」

「ああ、お父様が書く文字には勢いがあるからでしょう？　もしよかったらあたしが読みましょうか？　その手の文字には慣れているのよ」

「本当⁉　じゃあお願いするよ」

この提案は本当にありがたいものだった。むしろ読んでもらう方が心臓にも優しいのだ。

「えっと、硬い文章になっているからふんわりと訳して話すわね？」

「ありがとう」

「じゃあ早速」

そう前置きをして、エレナは音読を始めてくれる。

「元気にお過ごしでしょうか。いきなりの手紙に困惑していると思いますが、お許しを。先日は息子、アランが大変お世話になりました。息子からあなたとの相談の内容を聞いたところ、あなたは素晴らしい思考を持ち合わせていると感じました。また、娘のエレナは最近あなたの話ばか……じゃなくってっ！」

「ん？」

「バカッ！　なんでもないわよ……」

「う、うん？」

なぜか顔を赤くして唐突に怒ってくるエレナは、小さく咳払《せきばら》いをして続きを読み始める。

「こほんっ。……であるために是非、一度お話がしたいです。馬車はこちらから手配します。日時もあなたに合わせますので、返事は娘のエレナにお願いします。みたいな感じよ」

　ゆっくりと手紙を置き、頬を膨らませた顔で目を合わせてくる。なにやら不満がありそうな表情だが、この意味はわからない。

「いや、『みたいな感じよ』じゃなくって、なんか読み飛ばしたところなかった？」

「読み飛ばしてなんかいないわよ。そんなに疑うのならあなたが読んでみればいいじゃない」

「いや、俺は読めないんだって……」

「ならあたしを信じなさいよ。それ以外にないんだから」

「ま、まあ確かに」

「納得してもらえたならいいわ。さ、さて、とりあえずお飲み物をいただきましょ？」

「う、うん……」

　どこか落ち着きがないようにまばたきを繰り返すエレナを見て、さらには捲《まく》し立《た》ててきた彼女を見て、当然思う。

『頑張って手紙を解析してみよう……』と。

　絶対に読み飛ばしたとわかる反応なのだから。

「ねえ、今変なこと考えていないでしょうね」

「そ、そんなことないよ？」

「ならいいけど」

エレナの鋭さで危うく考えを見抜かれてしまいそうで、ヒヤッとする自分がいた。

＊＊＊

（もう夕暮れなのね……。コイツといるとどうしてこんなにも時間が早く過ぎるのかしら）

レストランに足を運んだその後。

エレナは夕暮れに染まる街の中をベレトと共に歩いていた。

「ねえエレナ、本当に馬車は使わなくて大丈夫なの？」

「あなたが最後まで送ってくれるんでしょ？　なら歩くわよ。たまにはこうした時間も悪くないもの」

「あはは、それもそうだね。今思えば二人で一緒に帰るのは初めてじゃない？」

「……あなたが最初からシアに優しくしてくれていたのなら、初めてになるようなこともなかったのだけどね。それならあたしも誤解するようなことはなかったわけだし」

「そ、それはごめんって……」

　申し訳なさそうに謝るベレトを見てつくづく感じる。

（本当、あなたが最初から優しくしてくれていたのなら、前々から楽しい時間を過ごせていたのに……）

　やるせない気持ちを。

「まあ、このお話はあたしの自室でもう一度するとして」

「……するんだ」

「最後の確認だけど、お父様との会談は来週の土曜日でいいのよね？」

「うん。時間はそちらに合わせるから、連絡してくれると助かるよ」

「わかったわ」

（来週の土曜日、時刻はお父様に任せる……と。ふふっ、楽しみだわ）

　心の中で呟《つぶや》き、記憶に刻む。

「これから当日までは緊張の日々が続きそうね。ちゃんと眠れるのかしら」

「眠れるように努めるよ。って、今回の件が嫌なわけじゃないしね。エレナの父君はきっとお優しい方だろうし、真《ま》っ直《す》ぐな方でもあるだろうし」

「ど、どうしてそんなことが言えるのよ」

（あたしのお父様のこと、コイツは詳しく知らないはずだし……）

見通したような顔を向けてくる彼に、首を傾《かし》げれば理由を教えてくれる。

「だってエレナは周りと違って身分で区別してないでしょ？　おそらく弟のアラン君も。それってご両親の教育があってのことだと思うから。親の姿を見て子どもは育つわけで」

「なんだかむず痒《がゆ》いわね……。お世辞を抜きにしてお父様とお母様を褒められることって」

（ふざける時とそうでない時で雰囲気が違うからわかるのよね……。ベレトが本気で言ってるって）

それはエレナにとってギャップにあてられるようなもの。対応に困ってしまうズルい要素。

「あなたの言う通りよ。幼少期から口を酸《す》っぱくして教えられたわ」

「支えてくれる人達から『この人についていきたい』って思われるようにならないと家の繁栄も難しいもんね」

「ええ。だからあたしの自慢なのよ。お父様とお母様は。これは前にも言ったことだけど」

「これからもいいところをもっと吸収していかないとね。見習うところはまだまだ多いだろうし」

「ん……」

（どうしてからかわないのよ、そういうところは……）

微笑《ほほえ》んでいる彼に対し、こう思う。『意味がわからない』と。

からかわれても平気なことと、からかわれたら嫌なこと。そして、認めてもらえたら嬉《うれ》しいことをじっかり判断できているのだろう。

普段から軽口を言うくせに、こうしたところでは言葉に重みがある。本音で語ってくれていることがわかる。

緩急をつけてくるこの男は、なにからなにまでズルいのだ。

「今の言葉を伝えたら、ご両親も喜ぶんじゃない？」

「今のうちに釘《くぎ》を刺しておくけど、このことは言わないでちょうだいよ。会談の時に」

「それは約束できないかなあ」

「なっ！」

「釘を刺されるとなんか言いたくなるというかなんというか」

「ほっ、本っ当にあなたは意地悪よね。もう大っ嫌い」

「あははっ。冗談だよ冗談」

「まったくもう……」

（なんなのよ。なんでそこでからかえるのよ……）

手のひらで転がされている感覚。でも、こんなやり取りが楽しくないわけではない。

むしろ楽しいのだ。

「はあ。でももういいわよ……。その話題、好きにしても。お父様との距離も縮められるでしょうから」

「ありがとう」

「その代わり、あたしの言うことに今から答えてちょうだい。それで対等だから」

「その質問って？」

ずっと口にはしていなかったが、気になっていた。話す機会を窺《うかが》っていたのだ。

ようやくその内容を聞く。

「え、えっと……話は変わるけど、あなたはルーナ嬢とどんなデートをしたのよ。包み隠さず教えなさい」

瞬間、恥ずかしさとモヤモヤが襲ってくる。

この気持ちを誤魔化すようにジトリと半目にして。

「こんな言い方をするのもあれだけど、特別なことはなにもしてないよ？　商業地に足を運んで、図書館に足を運んで、ディナーをして。この三つだけだし」

「三つってことはお昼からのお出かけだったの……？」

「うん、お昼から」

「ふ、ふーん。そう……」

朝からずっと二人きりでデートをしていたわけではない。

その情報を知るだけで心が軽くなる。

「ルーナのことを考えたら午前から出かけるのは親切なことじゃないからさ。人混みにも慣れてないはずだから、街に出るだけでも疲れが出るだろうし」

「間違ってはいないわね」

(そんなところまで考えて計画を立てていたなんて……)

独りよがりな考え方ではなく、相手の日頃の生活や性格をしっかり考えた上での言葉。

(デートの相手があたしでも、同じようなことをしてくれたのかしら……)

大切に扱ってもらえているルーナのことをどうしても羨ましく思ってしまう。

「じゃあデートの内容に図書館を入れたのは彼女のためなのね」

「それはそうだけど、お互いに楽しめる場所でもあるから」

「……嬉しかったでしょうね、彼女は。趣味を理解してくれる行動を取ってもらえて。それもデート中に」

「普通は理解を示すものじゃない？」

「それができないからこうして言っているのよ」

（ルーナ嬢はきっとご機嫌だったはずよね。コイツのこと異性として絶対に意識したはずだわ……）

女の勘が働く。

「それで……なにもなかったの？　デート中は」

「特にトラブルはなかったよ」

「そ、そうじゃなくって……イチャイチャ？　みたいなのよ」

「そっち!?」

「そうよっ！」

（このくらい通じなさいよ……。なんであたしが恥ずかしいことを言わないといけないのよ……。笑われることでもないじゃない）

顔に熱がこもっていく。彼の鈍さにムシャクシャする。

「恋人間のデートじゃないんだからそんなことはないよ。強いて言えば、エスコートするために手を繋《つな》いだくらいだし」

「っ！　普通にイチャイチャしてるじゃない！」

「いや、そんな雰囲気はなかったって」

「あなたのことだから信じられないわ。鈍いから」

「そんなに鈍くないよ？　俺」

「鈍感な人ほど否定するのだけど、なにか法則でもあるのかしら」

「いや、本当に鈍くないよ」

「ほら、また否定して」

「違うから否定するの」

「もう……」

（足で踏んづけて目を覚まさせたいわ……。このわからず屋に）

この男が鈍感なのはエレナがよく知っていること。

押し問答を避けるために自らが折れたが、それは知りたかった情報を摑《つか》めたからでもある。

ルーナとのデートはお昼からだったこと。手しか繋いでいないこと。

この二つを。

（まだ……いい方よね？）

恋人らしいことはしていない。それがわかっただけでも収穫である。――が、聞いたら聞いたでモヤモヤすることがある。

知り合って日が浅いルーナとは体験して、前々から知り合っているエレナとは体験していないあることを。

（……少しだけ、頑張ってみようかしら。鈍くないとか断言するくらいなら）

そんな思いを抱き、ベレトと肩を並べながら歩くこと十五分。

エレナは言った。

「ほら、やっぱりあなたは鈍感じゃないの」

「えっ？」

「なんでもないわよ、バカ」

「バカじゃない。鈍くもない」

「ふんっ」

ルーナに触発されたエレナは、密《ひそ》かにしようとしていたのだ。

勇気が出ずに行うことはできなかったが、ベレトの顔をチラチラ見ながら気づかれないように手を伸ばし、その手を握ろうと。

その行動に気づかなかったからこその発言だが、エレナもまた気づいていなかった。

隣を歩く男と手を繋ごうと手を伸ばしたり、引っ込めたりする様子を微笑ましく住民に見られていたことを。

＊＊＊＊

「送ってくれてありがとう。改めてお礼を言うわ」

「いや、一緒に帰ろうって誘ったのはこっちの方だから」

夕暮れの空が暗く変わってきた頃。

会話は途切れることなく、エレナが住む屋敷《やしき》にたどり着く。

今現在、門の前で会話をする二人である。

「って、俺の方こそありがとうね」

「え？　なにに対してのお礼かしら……」

「飲み物をご馳走《ちそう》になったから。本来はお金を支払うべきところでもあったし……」

「それは違うわよ。お父様が決められた方針だし、あたしが勝手に落ち着ける場所に案内しただけなんだから」

当たり前の顔をして返事をした矢先、彼女はなにかに気づいたように眉をピクピクさせ始める。

「……な、なんだかあなたの言い方が伝染《うつ》ったのは気のせいかしら」

「ははっ、それは俺も思った」

「笑いごとじゃないわよ。恥ずかしい……」

伝染ったというのは、『自分が勝手にしたことだから、なにも気にすることはない』そんなフォローの仕方。

笑い声を上げられたのが恥ずかしかったのか、唇を尖《とが》らせるエレナである。

「はあ。あなたにもからかわれて、家族にもからかわれて、あたしには気を休める場所がないわ、本当」

「家族にからかわれてる理由って、アラン君の悩みを解決してくれた人の婚約者になっても〜みたいなのだよね。ちなみにあんなことを言ったエレナが悪い」

「せめてあなたじゃなければよかったのに。アランの相談に乗った人が」

「ほう……。じゃあ誰ならよかったの？」

攻め入りように紫の目を細めてくるエレナに問う。

もし答えたのなら、好意を寄せている相手を暴露することにもなる。そんな罠《わな》でもあるが、簡単にいなされてしまう。

「ニヤニヤしているところ悪いけど、あなた以外なら誰でもよかったわよ」

「えっ、誰でもいいの⁉　エレナから見た俺はそんな感じなの⁉」

『ド底辺の評価』と。

「あ、当たり前でしょ。あなたは意地悪なんだから。もしお付き合いしたのなら、なにをされるかわかったものじゃないわ」

「そんな酷《ひど》いことしないって」

「信じられないわね」

腕を組んで高圧的な態度を取っているも、あちこちに視線を動かすエレナ。

そんな状態で声を上擦らせながら言葉を続けた。

「そもそもあなたをもらってくれる女の子なんて誰もいないんじゃないの？　残念だけど」

「そうかなあ」

「そうよ、絶対」

「エレナがいるし」

「は、はあ？　なんでそうなるのよ！　あたしから見てあなたは最低なのよ？　ぜ、ぜぜぜ全然好きじゃないんだから勘違いしないでちょうだい」

「そんな勘違いはしないって！」

軽口を挟んだ途端である。

顔を赤くしながら早口で捲《まく》し立てている彼女だが、こちらは反論をしっかり持っている。

「ただ、『伯爵家のご令嬢は自身の発した言葉に責任を持たないんですね』って最終奥義《おうぎ》を使えばなんとかなりそうだったり」

「卑怯《ひきょう》よ、そんな陰湿なやり方……。そんなやり方をするくらいなら、堂々と恋文を送りなさいよね。男なんだから」

「まあまあ」

半目で睨《にら》まれるも、先ほどされた『いなし』で返す。

「って、余裕があるように冗談を言っているけど、『じゃあ責任を持つわ』なんてあたしが言ったらどうするつもりよ。あなたは困るでしょ。もう少し物事を考えて冗談を言いなさ――」

「――別に絶対困るって感じはしないよ？」

「えっ？」

「え？」

エレナの頓狂な声に、ベレトも続く。

「あ、あなた……。今、『困らない』って……」

「うん。エレナに政略結婚があるように、俺にもそれがあるわけで。顔も知らない人と婚約するなら、親しい人と……って気持ちは十分わかるし」

「……」

「それに学園でも怖がられてる自分だから、パートナーに選ぶなら冗談とか言い合える人がいいって気持ちはもちろんあるよ。そうなってくるとエレナってなるし、なんだかんだで上手《うま》くいきそうな気しない？」

「そ、そこで促さないでちょうだいよ……」

ボソボソとした抵抗をするエレナは、一度目線を落とす。

「一つだけ言わせてもらうけど、あたしのことを全然知らないあなただから、そんな軽口を言えるのよ。上手くいきそうだなんてバカバカしいわ」

「その知らないことって言うと？」

「構ってくれないとすぐ拗《す》ねるわよ、あたし。ほかの女の子と親しそうに話しているだけでも嫉妬しちゃうんだから。……こんな女々しい女だって知らなかったでしょ」

「あはは、それは知らなかった」

なにが飛び出るかと思えば、乙女らしいカミングアウトに笑いが出る。

「だけどそれって自然なことじゃない？　自分だって逆の立場ならそうなると思うし」

「そう思うのなら、そう思ってくれて構わないけど……」

「……」

今の今までずっと途切れていなかった会話がここにきて止まる。

訪れた静寂とこの空気はなんともむず痒《がゆ》いもので、普段らしくない会話だと遅ればせながら気づくのだ。

「あ、あのさ？　なんでこんな話になったんだろ」

「あなたのせいでしょ……。あなたが変なことを言うから」

「はは……。なんかごめん。話題にするにはちょっとズレたやつだったかも」

「『だったかも』じゃないわよ。完全にズレてるわよ」

落ち着きがないように首に巻かれたチョーカーを触るエレナは、もう片方の手で払う素ぶりをした。

「ほら、もういい時間だから早く帰りなさい……。そろそろ暗くなっちゃうし、恥ずかしい空気になっちゃったから」

「そ、そうだね。それじゃあそろそろ」

「ん」

雑な別れになってしまうが、会話が会話だけに仕方がないこと。

手を振って背を向けた時、エレナから最後の言葉をかけられる。

「……この前渡したチョコ、会談の日にはたくさん用意しておくから楽しみにしておきなさいよね」

「お！　ありがと。それじゃ、また明日学園で」

「ふんっ」

今日何度目になるだろう。理不尽に鼻を鳴らす音を聞き、おどけながら別れを告げるベレト。

その後ろ姿を見送ることなく屋敷に歩いていくエレナは、人差し指で髪を巻きながら赤くなった顔を見られないように俯《うつむ》いていた。


『コンコン』

月が悠々と浮かぶ夜更《よふ》け。

ベレトの寝室では小さなノックが響いていた。

「はーい？」

「あ、あの……シアです」

「えっ、シア？　どうかしたの？」

遠慮がちな声がドア越しに聞こえてきた。

「え、えっと、まだ起きていらっしゃったので、睡眠によい紅茶をご用意させていただいたのですが……」

「あっ、ごめんね。わざわざ用意してもらって」

「いえっ！　私が勝手にしてしまったことですから！」

「すぐに開けるから、ちょっと待ってね」

ドアの隙間から漏れる灯《あか》りで起きていると判断したのだろう。

こんな夜も遅い時間にとんでもない気遣いである。

少しずつ読み進めていた招待状を置いて寝室のドアを開けると、肩出しのネグリジェを着たシアがトレーを持って立っていた。

「こ、このような姿で申し訳ありません。お仕事着に着替えようとしたのですが、ベルト様が寝室に入られたので、その……」

「大丈夫だよ。ラフな格好だからって怒ったりしないから」

「ありがとうございますっ！」

こちらが寝室に入ったら、シアの自由時間に変わるというルールを少し前に定めた自分なのだ。

これで怒るのなら理不尽そのものである。

「べ、ベレト様。どうぞ」

「ありがとう。って、あれ？」

紅茶を受け取ろうとした時に気づく。

トレーの上には紅茶の入ったカップが二つあることに。

なぜ一つではないのか、それは上目遣いでもの言いたげにしている彼女を見ればすぐにわかること。

「あはは、せっかくだからシアも一緒に飲まない？　二つ飲んだりしたら俺のお腹《なか》がタプタプになっちゃうから」

「よろしいのですかっ⁉」

「うん」

「わあーっ‼」

提案した瞬間、にぱぁと満面の笑みを作って頭を下げるシア。

（やっぱり一緒に飲みたかったんだね）

二つとも自分のものだと勘違いした風に装《よそお》うのはがめついようで恥ずかしいが、このように言わないとシアが遠慮してしまうのだ。

「じゃ、中に入って」

「っ⁉」

「え？　あ、ごめん間違えた。広間にいこっか」

「ひ、ひゃい！」

立場上、寝室に誘われるというのはそういうことなのだろう。

純粋なシアにとっては顔を真っ赤にして噛《か》んでしまうのは仕方なく、動揺してしまうのも当たり前のこと。

（あ、危ない……。こればかりは気をつけないとなぁ……）

そんな反省をしながら広間に移動し、落ち着いたところでシアとの会話を再開させる。

「そういえば最近の学園はどんな感じ？　お昼を自由にしてから結構経《た》つけど、特になにも問題はない？」

「はい！　特に問題はありません！　お仕えする時間が少なくなった分は学業への時間に充《あ》てていますっ」

「それならよかった。体を休めるのも立派な仕事だから、これからも無理のない程度でね」

「はいっ！　ありがとうございます！」

お互い紅茶を飲みながら、平穏な時間を二人で過ごしていく。

誰にも邪魔されない静かな空間だからこそ、真剣な話を交わすこともできる。

「あのさ、シア。この機会にちょっと大事な話をしてもいい？」

「もちろん構いませんが、大事なお話ですか……？」

「うん。これはルーナから教えてもらったんだけど、シアが今の成績をキープできたら従者が憧れる王宮への推薦がもらえる可能性が高いって聞いてさ。これは本当のことで合ってるよね？」

「詳しいことは把握していないのですが、その可能性はあるかと思います」

「だ、だよね」

別の貴族が引き抜きをしようと画策されるほどのシアで、学園でも優秀だとその名を轟《とどろ》かせてもいるのだ。

現状を維持できたのならほぼ間違いなく推薦をもらうことになるだろう。いや、『絶対に』と言った方が正しいのかもしれない。

「これは仮の話だけど、もし推薦をもらって王宮でお勤めができるとしたら……シアはどうしたい？　あとはセントフォード家の推薦文もあれば、その道に進めると思うんだけど」

「……大変申し訳ないのですが、お断りをさせていただいて、引き続きベレト様の専属侍女としてお仕えさせていただきたいです」

「うん……。そう言うだろうと思ったからこの話をしてるんだけど、シアは本当にそれでいいの？　自分の人生なんだから、俺に遠慮しなくていいんだよ」

無意識に表情が険しくなる。

これは人生の分岐点だ。この選択一つで人生が変わるのは間違いないこと。

「シアの家系は代々うちに仕えてもらってるけど、それって学園を卒業するまでの期間でしょ？　確かに引き継いで仕事をすることもできるけど、王宮への推薦って本当に貴重なものだし、一握りの人間にしかもらえないものだから……さ？　いきたいって気持ちがあるなら——」

「——私にはありません」

「ッ」

初めてである。最後まで言わせないように声を被《かぶ》せてくるシアを見たのは。

「ほ、本当に遠慮してない？　嘘《うそ》ついてない？」

「……その、少しだけ隠していることはあります」

「でしょ？　やっぱり王宮には勤めたいよね？　家柄に箔《はく》もつくだろうし、将来も安定するし、王宮に訪れる凄《すご》い権威を持った人がシアのことを気に入るかもだし」

真っ当な意見を口にしたが、これが早とちりであることは、次の彼女の発言で知ることになる。

「ご叱責を覚悟で言わせていただきます……。ベレト様のおっしゃる通り、王宮にお勤めできたらと願っていた時期が過去にはありました。……で、ですが今はもうありませんっ！」

「そ、そっち？　勤めたいことを隠したわけじゃなくて？」

「はい」

「つまり、過去ってことは……王宮に勤めたいと想《おも》っていた時期は、俺が厳しくシアに当たってしまった時期？」

（それだとベレト君に転生する前と後で気持ちが変わったってことになるけど……）

そんな思いのもとの質問に、

『……コク』

シアは視線を彷徨《さまよ》わせた後、気まずそうにしながら頷《うなず》いて言葉を紡《つむ》ぐ。

「そ、それでも、それでも……ベレト様が厳しく指導していただいた理由が私を成長させるためだと知って以降、この気持ちは固まったんです！」

「そ、そっか……」

（でもそれ、中身が入れ替わって性格が変わったことを誤魔化すための言い訳なんだよ……。本当のベレト君は悪意しか持ってなかったわけで……）

シアを騙《だま》していることは十分理解しているだけに、どうしても慎重になってしまう。

「俺としてもさ、これから先もシアがいてくれると助かるし、嬉《うれ》しいんだけど……本当に推薦を蹴っていいの？　詳しいことは知らないけど、候補に入る従者は学園でも五人といないだろうし、本当にもったいないことだよ？」

「なにも問題はありません。私はベレト様の元を離れる方が後悔してしまいます」

「王宮よりも……？」

「はい。私の存在がベレト様のお邪魔になる時までは、ずっとお側《そば》で仕えさせていただきたいです」

まんまるとした青の瞳に込められているのは、決意と覚悟だった。

本心をぶつけているのだと簡単に汲《く》み取ることができるほど。

「ちなみにさ、シアが俺の邪魔になる時って？　邪魔になるようなことは絶対にないと思うんだけど……」

「ベレト様が人生の伴侶をお作りになられた時……です。その際には専属侍女は不要なものになりますし、奥様も嫌な気持ちになるかと思いますので」

「うーん……。シアと別れるのは悲しいけどなあ……」

「もったいないお言葉です。本当に光栄です」

どこか寂しそうに瞳を細めるシアは、今の気持ちを流し込むように紅茶を口に含んだ。

少し重い空気になりかけていることを察する自分は、すぐに話題を変える。

「あ、今思ったんだけど、シアに好きな人はいないの？」

「好きな方……ですか？」

「うん。って、ごめん。これは答えづらいだろうからちょっと言い方を変えて、シアって今までに求婚とかされたことある？」

「え、えっと……夜会のお手伝いをさせていただいた際に、愛人へのお誘いをいただいたことは五回ほどありました」

「それ全部断っちゃったの？」

「はい。専属の侍女が他貴族様の愛人になるということは、当然問題になりますから」

「なるほど……」

つまり、専属侍女の間は他貴族の男を恋愛対象に見ることはしないシアなのだろう。『それは無理なんじゃないか？』なんて意見もあるだろうが、『完全無欠』と呼ばれているほどに芯の強いシアなのだ。

実行できてもおかしくはない。

「……俺としてはさ、邪魔になったからって捨てるようなことしたくないよ？ 道具として扱ってるようで嫌だし。だから好きな人を見つけてもらって、侯爵家の後ろ盾を使いながら近づいてほしいとは思ってて。ほら、好きな人と結ばれるのがやっぱり一番幸せだろうから」

「私のことを真剣に考えてくださって本当に嬉しいんですが、私が誰かとお付き合いすることはないかと思います」

「え？」

姿勢をピンと伸ばしたまま、シアは頬をピンク色に染めて言うのだ。

「私はベレト様以上に素敵な方を見つけられる気はしませんから……」

「い、いやぁ……それはシアが専属侍女だから、その補正がかかってるだけだって。そう言ってもらえるのは嬉しいけど、シアは侍女の気持ちを固めすぎ。今は自分の幸せを見つけてもらう努力をしてもらわないと」

「補正がかかっているだなんて、そのようなことは絶対にありません！　ベレト様にお仕えさせていただいているだけで、私はとても幸せですからっ。えへへ……」

「も、もー……。だからそうじゃなくって……」

シアの忠誠心にはもう完敗だった。

照れ笑いをするシアの頭にポンと手を置き、『なんでわかってくれないんだ』と少し頭を揺らせば、どこか味を占めたように催促してくる。

「あの……差し出がましいお願いなのですが、もう少し優しくしていただけたらと……。こうしますから……」

撫でやすくするために、おずおずと頭を突き出して。

このまま無視すればどんな反応をするのか気になるところだが、そんな可哀想《かわいそう》なことはできない。

「は、恥ずかしいから少しだけだよ？」

「ありがとうございます……」

要望に従い、頭の形に沿って優しく撫でれば、猫のように目を細めるシアだった。

第二章　進展

「あの、あなたはわたしを便利屋だと勘違いしていませんか。最近は会う度にいろいろな相談をされているような気がしますが」

「便利屋だなんて思ってないって……」

翌日の昼休み。

図書室の読書スペースに腰を下ろしていたベレトは、ジトリとした目をルーナに向けられていた。

「本当でしょうか。ではなぜわたしにたくさんの相談を」

「それ言わないとダメ？　一学年上の人間としては恥ずかしい理由になるんだけど」

「あなたは躱《かわ》すことが上手ですからね。教えていただけるのなら、教えていただきたいです」

そこで本を手に取ろうとするルーナだ。『教えてくれないのなら読書をしますよ』なんてアピールをされ、逃げ道がなくなる。

ここは恥ずかしさを押し殺して理由を説明するしかないだろう。

「……まあその、ルーナのことは頼りにしてるし、しっかりとした意見もくれるから、相談する相手には一番だなって」

「っ、そうですか……。そう感じていただけているのなら構いません」

頭を下げながら素っ気なく返すルーナだが、本の上に置いた手がもじもじと動いていた。

少し照れているのは気のせいではないだろう。

「……では、あなたの侍女についてですよね。今回の相談は」

「それと俺が読めなかった文字の……読解をお願いできたらって思って」

「あなたが読めない文字ですか？　後者に関してお力になれるのかはわかりませんが、把握しました。では、シアさんの方からどうぞ」

コクリと頷いての促しを聞き、本題に入る。

「ありがとう。じゃあシアについてなんだけど、ちょっと遠慮ぐせを直させたいなぁって思ってて」

「続けてください」

「昨日ゆっくりした時間があったから、シアと将来について話し合ったんだよね。王宮への推薦をもらった時にどうするかって。可能性としては十分高いことだから」

「なるほど。シアさんは推薦された場合でも、あなたの専属侍女を引き続き務めたいと伝えられたのですね」

「そ、そんなことまでわかるんだ？」

「判断材料はたくさんあるので」

「へ、へえ……」

さすがは賢いルーナである。一から説明をすることなく円滑に相談が進んでいく。

「優秀な彼女がそう判断したのであれば、特に問題があるようには思えませんが」

「いやぁ、問題あるよ。普通に考えて王宮に勤めるのはメリットばかりでしょ？　安定した生活ができるし、箔もつくし、王宮を訪れた地位ある人にアプローチをかけられるかもしれないし、誰にでも勤められるような場所じゃないんだし」

「確かに間違ってはいませんよ」

自然な流れで言われる意味深な『は』にベレトは気づかない。

「でもシアはそんなメリットを蹴ってこっちに仕えようとしてて。それもいつできるかわからない俺の伴侶が見つかるまでだよ？　そんなことをしたら、シアが婚期を逃すかもしれない」

「その可能性も十分ありますね。専属の期間は基本的に恋人を作れないので」

「でしょ？　そんなことになったら、俺がシアの人生を壊すようなものだし……」

「嫌なのですね」

「それはそうだよ。シアには頭が上がらないくらいにお世話になってる分、幸せになってほしいし、いいところは誰よりも知ってるつもりだから」

「……」

「言いにくいとか、遠慮があるとか、気を遣ってとか、そんな理由で流されてほしくないんだよね。どうしても」

血は繋《つな》がっていないシアだが、家族同然に見ているのだ。

一番の選択肢を取ってほしいと思っているベレトである。

「それで遠慮ぐせを直させたいとの相談に繋がるわけですね。遠慮をしていなければ、王宮に勤めたいはずだと」

「うんうん」

「一つ聞きたいのですが、『言いにくい』『遠慮』『気を遣っている』と判断した理由はなんでしょうか」

「……えっと、これを自分の口から言うのは本当に恥ずかしいんだけど、『ベレト様にお仕えさせていただいているだけで、私はとても幸せです』とか言ってこの先も仕えたいらしいんだよ……ね？」

「本当の本当に恥ずかしいこと言いますね」

「か、からかわないでよ……」

抑揚なく、真顔のツッコミはある意味一番刺さる。

無表情なルーナを前にコホンと咳払《せきばら》いをして気持ちを改めた自分は、再度説明を始める。

「シアはまだ十六歳だし、頭もいいから、一時期の忠誠心でそう言ってるとしか思えなくて。言葉は悪くなるけど、明らかに視野が狭くなってるし」

「王宮へ勤めることができたのなら、忠誠心も解けて目を覚ますだろうと。目を覚ましたのなら、シアさん自身もその道を選んでよかったと思えるはず、というのがあなたの考えですか」

「そうそう！」

気持ちを全て言語化してくれるルーナ。

首を縦に振って肯定した矢先、予想だにしないことを言われるのだ。

「確信はないのですが、こればかりはあなたが間違っていると思いますよ」

「えっ⁉」

「シアさんはとても立派な侍女です。王宮に勤めることのメリットは誰よりも理解していることでしょう」

「た、確かに」

「簡単な説明になりますが、王宮に勤めることができれば、あなたとそのセントフォード家の印象が王族や周りの貴族からもよくなります。専属の侍女をするに当たって指導をしていたという過程がありますから」

「なるほど……」

「さらにはシアさんの頑張り次第で、侯爵家は王族と強い関係を結べるかもしれません。侍女を渡すというのは一種の橋渡しになりますから、そのようなチャンスを断るシアさんだとは思えません。わかりやすく例えるために酷《ひど》い言い方をしますが、侍女が主人にできる最高の恩返しを無駄にしようとしているわけですよ」

「ッ」

そのような恩恵があるとは考えてもいなかった。ルーナの知恵のおかげで知ることができた。

「それなら受けないわけがないよ……？　シアは」

「ですから、本心であなたに仕えたいという証拠では。気を遣っているのならば、王宮に勤めようとするはずですから」

逆理論を展開するルーナだが、筋が通っているからこそ反論の余地はなにもなかった。

「じ、じゃあシアは侍女の立場とか、気を遣ってるとかを抜きにして話してたってこと？　全部俺の勘違いだった……？」

「そうだとしか説明がつきません。シアさんは自身が幸せになるために、あなたに人生で一番のわがままを言ったのでしょうね」

「……」

「ベレト・セントフォード」

「は、はい」

いきなりの名前呼びに思わず、面接官を相手にしているような返事をしてしまう。

「あなたからすれば弱々しく、遠慮がちで、自己犠牲に走るような性格に映っている彼女でしょうが、実際のシアさんは自身の人生に悔いを残さないようにしっかりとした意見ができる方ですよ」

「そ、そうみたいだね……」

「シアさんが可哀想です。侍女ができる一番のアプローチに気づかれなかったわけですから」

「あっ、やっ……そ、それは……」

「『あっ、やっ』ではありません。可哀想《かわいそう》です。侍女だからこその誤解だと思いますが、わたしがシアさんの立場なら泣いていますよ」

「……シアとまた相談します」

「それが一番でしょう」

ルーナはシアを味方するように眠たげな目を鋭くした。

そして、彼女はポケットに入れている羽根の形を模した栞《しおり》をこっそりと握っていた。

一人、想《おも》いを伝えた人がいる——。その事実を知って。

このモヤモヤをなんとか取り払おうとしていたのだ。

「あなたはもっと自分に自信を持つべきですよ。自身が考えている以上に魅力的なのですから。その点をもう少し理解するだけで、このような誤解がなくなるかと思います」

「あ、ありがとう。そう思ってもらえるだけで嬉《うれ》しいよ」

「いえ」

すぐにその意識を持つことは難しいことだが、今の言葉はしっかりと胸の奥にしまう。

「では、キリもよいところですので、あなたが読めない文字についてお話を変えましょうか」

「うん。それじゃあ次の内容なんだけど……」

この時、ルーナは知る由《よし》もない。

これまた心のモヤが積もる話になろうということを。

「えっと、ルーナはこの文字って読める？　自分の方でも頑張ってみたんだけど、なかなか読めなくって……。正確に把握してないと会談の時にズレが出るかもだからさ」

エレナから教えてもらった招待状ではあるが、飛ばして読んでいる部分があったことを理解していた。

手紙を渡しながら、説明をする。

「少し目を通してもよいですか」

「もちろん」

「ありがとうございます」

ルーナは一言を入れ、丁寧に手紙を開く。

そうして眠たそうな瞳を少しだけ動かすと、ゆっくり頭をあげた。

「なるほど。確かにこれは読めなくとも不思議ではないですね。しかし、これについてわたしを頼ることはもうしない方がよいかと」

「え？」

いつになく突き放す無表情のルーナだが、心ある説明をしてくれる。

「あなたの立場では、このような文字に触れる機会も多くなることでしょう。この先、苦労しないためにも自ら触れる回数を増やした方が好ましいです」

「た、確かにその通りだね。忠告ありがとう」

「誤解のないように。全てわたしに任せるのでなければ、引き続きお力になりますからね。この場合でしたらあなたのお力になるので」

「ははっ、どうもありがと」

この言葉をかけてもらえただけで、本当に心強く感じる。

「では、どうしましょうか。書かれている文字をそのまま口にする場合と、要約する場合の二つになりますが」

「硬い文章になってるだろうから、要約して教えてもらえる？」

「わかりました」

返事をしたルーナは、視線を落として両手に持つ手紙に目を向けた。

「まず始めの文はあなたへのご挨拶になっていますが、本題には関係していないので飛ばしても構いませんか」

「うん。そこは大丈夫」

最初はエレナから教えてもらった箇所でもある。

「こちらからが本題ですね。まずは御子息、アラン・ルクレールの相談を受けてくれたことへの謝辞があります。この文面であれば、会談時に深いお話がされることでしょう」

「えっと、深いお話って？」

ここもエレナから教えてもらったことだが、ルーナは独自の見解を入れた。

新たな情報を聞く体勢を作る。

「予想でしかありませんが、アラン・ルクレールがルクレール伯爵に相談をした旨《むね》が記されていますから、その際に浮かびあがった問題点を挙げ、『あなたならばどのように対処するか』などですかね。あなたの力量を確かめようとするなにかがあると思います」

「う、うわぁ……」

渋い顔をしてしまうのも無理はない。

エレナの父君には自身の言動を全て読まれた過去があるのだ。その事実があるために可能性としては高すぎると感じる自分である。

「頑張ってください。それ以外のアドバイスはありません」

「正論をどうも……」

二の句の継げないありがたいエールに返事をすると、ルーナは再び手紙を読み始める。

「次にエレナ嬢について書かれています」

「うん」

「……」

「……」

「…………」

「え？　ルーナ？」

「…………少し待ってください。読み返しますから」

なぜか目を丸くして石のように固まる彼女に続きを促せば、まばたきを多くしながら改めて視線を動かす。

なにがあったのか、眠たげな目を擦《こす》ってさらに読み返している。

時間にして一分ほど。

ルーナは動揺を隠すように手紙を閉じてジトリとした目を向けてきた。

「あの、説明は必要ですか」

「え、えっと……もちろん」

「わかりました。次にエレナ嬢のことが書かれてまして、彼女は最近、あなたのことばかりお話ししているそうです。もちろん褒める方向で」

「お、おお〜。それは嬉しいな」

「そして、ルクレール伯爵もその言葉を好意的に受け止めているようです」

「……ん？」

「その経緯もあり、会談の時間が余った場合には縁談のようなお話でもどうですか、と」

「はッ⁉」

いきなり飛び出した『縁談』の言葉に思わず声を大きくしてしまう。

「もちろん本格的なものではないと思います。まずはあなたの意見を聞いて、考えをまとめたいというところでしょう」

「……」

「最後に会談日にはあちらから馬車をご用意すること、日時についてはあなたが決めてくださいとのこと。日時についての返事はエレナ嬢に伝えること。以上です」

「い、いやいや……」

「『いやいや』じゃありませんが」

「えっと……」

「『えっと』でもありません」

「あ、あはは……」

「笑いごとでもありません。全て事実を述べています。紋章入りなので、冗談だとは捉えられないです」

言葉にならない状況に陥る一方、ルーナは冷静沈着だった。

「……」

「あなた、逃げ場を塞がれていますよ。ルクレール伯爵はこのようなことで有名です。『狙った獲物は逃さない』と」

「そ、そんなの知らない情報だよ……。権力がある人のその言葉とか本当に怖いんだけど」

「あなたが悪いのですよ。目をつけられてしまうから」

「ルーナ？　なんか睨《にら》んで……る？」

「…………」

そう聞き返すも、返事はなかった。

返事をしない代わりに、ジト目を近づけてくるルーナだった。

＊＊＊

（全然わかってなかったんだな……俺って）

ルーナと相談したことでシアの気持ちに気づいたその日の放課後。

「あの、ベレト様……」

「な、なに？」

「突然のことで本当に申し訳ありません。本日は所用があるので少しお時間をいただけないでしょうか……」

「えっ？」

普段通りに待ち合わせをして、二人で帰路につこうとした矢先。

くりくりした青の目を見上げ、恐る恐るというように言葉をかけるシアがいた。

「所用っていうと侍女の集会みたいな？」

シアはふるふると首を横に振った。

自らその用事を口にしないのは、言いたくないのか、言えないのか、その二択だろう。

「と、とりあえず大事な用なんだ……？」

「はい……」

普段から仕事を第一に考えているシアなのだ。今回のようなことは初めてである。

それだけではない。『なんとしてでも許可を取るんだ』なんて覚悟が感じ取れる。

仕事と同様に優先しなければいけない緊急の用ができたのは間違いない。

内心、その用事がなんなのかどうしても教えてほしいところだが、まずはシアの気持ちを優先することにする。

「そっか、用事ができたなら仕方ないね。じゃあそっちを優先してもらって」

「あ、ありがとうございます……！」

「何時頃には帰宅できそう？」

「一時間から二時間ほどを想定してますので、十八時前後には帰宅いたします」

「わかった。外も暗くなる時間帯だから遅くならないように気をつけてね」

「はいっ！」

それが別れ際《ぎわ》に交わした会話。


そして今現在。

「はあ……」

自室で勉強中の自分は、課題に集中できていなかった。

(どうしても意識しちゃうな……本当)

手を止め、思い浮かべる人物は侍女のシアである。

彼女のことを考えると、昨日の会話が脳裏をよぎるのだ。

『これは仮の話だけど、もし王宮への推薦状をもらったら……シアはどうしたい？』

『お断りをして、引き続きベレト様の侍女としてお仕えさせていただきたいです』

凛《りん》とした態度で、さらにはこう言っていた。

『私はベレト様以上に素敵な方を見つけられる気はしませんから……』

『補正がかかっているだなんて、そのようなことは絶対にありません！　ベレト様にお仕えさせていただいているだけで、私はとても幸せですからっ』

気を遣っている。侍女の立場を弁《わきま》えて言ったこと。そう考えていたが、ルーナの説明で勘違いしていることに気づいたのだ。

『王宮に勤めることができれば、あなたとそのセントフォード家の印象が王族や周りの貴族からよくなります。専属の侍女をするに当たって指導をしていたという過程がありますから』

『さらにはシアさんの頑張り次第で、侯爵家は王族と強い関係を結べるかもしれません。侍女を渡すというのは一種の橋渡しになりますから、そのようなチャンスを断るシアさんだとは思えません。わかりやすく例えるために酷《ひど》い言い方をしますが、侍女が主人にできる最高の恩返しを無駄にしようとしているわけですから』と。

『これからもお仕えしたい』そんな本心がなければできない選択であり、本心だと気づけなかった自分だからこそ言われてしまった。

『シアさんが可哀想《かわいそう》です。侍女ができる一番のアプローチに気づかれなかったわけですから』

この言葉を。

「情けないったらありゃしない……」

頭をガシガシ掻《か》き、再度ため息を漏らしてしまう。

「と、とりあえず今後の話をもう一回しないと……。俺が勘違いしてたばかりに、王宮にいかせたいとか思われてる可能性もあるし……」

脈が速くなるほどの不安を覚えながら課題に取り組むこと一時間と三十分。

「はあ、はあ……。大変申し訳ありません！　遅くなってしまいましたっ‼」

息を乱しながらの帰宅。そして、なぜか胸元で箱を抱えているシアがいた。

「おかえり。そんなに慌てなくても大丈夫だよ」

「そ、そう言っていただけると助かります。すぐにお仕事に取りかかりますので……！」

「ちょ、待って待って。そんなに慌てなくてもいいって。息が整うまでほら、椅子に座って」

「本当に申し訳ありません……」

『外も暗くなる時間帯だから遅くならないように』の言葉を守ってくれたのだろう。急いで帰宅に努めたことは今の様子からもわかる。

シアが腰を下ろし、息が整ったとこを見越して話題を投げる。

「もしかしてだけど、今日の用事は昨日から入ってたり？」

「ど、どどどどうしてそう思われたのですかっ⁉」

「昨日の仕事量がいつもより多かったような気がしてたから、今日との釣り合いがとれるように調整してたんじゃないかって」

「っ、その通りです……」

「やっぱりそっか」

なんて差し支《つか》えのない返事をしながら、胸中では大きな疑問があった。

（昨日から入っていた用事の報告をしてないのはシアらしくないよなぁ……）

どんなに小さなことでも逐一報告をしてくれる彼女なのだ。

忘れていた可能性ももちろんあるが、普段の様子からするにあり得ないと言っていい。

「しっかり筋は通してるんだから、そのように説明してくれてよかったのに」

「その、言い訳になってしまうと判断しまして……」

「ははっ、本当真面目なんだから」

やっと見えたシアらしさに笑顔を浮かべ、ここで気になっているものを指さす。

「それでさ、今も大事そうに胸に抱えてるその箱ってなに？」

「っ⁉」

大切に抱えている箱に触れた瞬間である。目を見開いたシアは、あわあわしながら箱を背中に隠したのだ。

「え、なに今の反応……」

「なんでもございませんっ‼」

なんでもございませんなわけがない。

わかりやすく動揺した姿。目を泳がせて必死に隠そうとしている姿を見れば、そう断言できる。

「今絶対に隠したよね？　綺麗《きれい》な長方形の箱」

「か、隠してはいません！　ただ、その……せ、背中に置いた方がいいのかなと……」

「へえ。背中に置く……かあ」

嘘《うそ》がつけないシアなのだ。言い訳がめちゃくちゃである。

「もう一回見せてくれる？」

「は、はい。わかりました……」

逃れられないと観念したようだ。

『やっちゃった……』なんて顔をしながら、背中に隠した長方形の箱をテーブルの上に置くシアである。

「これを買うための用事なら、素直に言ってくれてよかったのに。怒られちゃうと思った？」

ベレトに転生する前、酷く当たってた時期があるために罪悪感のある予想をするも、杞《き》憂《ゆう》に終わる。

考えてすらいなかったまさかの理由をシアは口にしたのだ。

「と、とんでもありませんっ。これはベレト様にプレゼントするものなので……素直にお伝えすることができず……。えへへ」

「えッ⁉」

「出すぎた真似《まね》で恐縮ですが、プレゼントのお返しです。ベレト様はお勉強をされていたので、お邪魔にならない時間でお渡しするために……」

「背中に隠した……？」

「はい……。もっと考えて行動に移すべきでした……」

「いやいや、それは全然いいよ！　じゃあ本当に俺のために……」

『コクリ』

もじもじしながら頷《うなず》くシア。

今までの行動に全て納得がいった瞬間だった。

「あのさ、これ開けてもいい？」

「も、もちろんですっ」

「ありがとう。じゃあ中を見させてもらうね」

気持ちの昂《たかぶ》りで指先を震えさせながら封を外し、箱をゆっくりと開ければ――照明に反射する黒の羽根ペンとインクのセットが入っていた。

いかにも高価そうな品を目《ま》の当《あ》たりにし、シアに視線を送れば『どうですか……？』と上目遣いで確認を取ってくる。

「……」

「……」

「べ、ベレト様……？」

「ッ、あ、ごめん。反応ができなくて……。あ、あはは」

「っ、す、すみません！　嬉《うれ》しくなかったですねっ⁉」

「そうじゃないって！　そうじゃなくって……言葉にならないくらいに嬉しくて」

「えへへ、それでしたらよかったです！」

こちらが照れていることは十分伝わっているのだろう。横髪で顔を隠しながらシアも恥ずかしそうに笑っている。

「俺がシアにプレゼントした時もこんな気持ちだったのかな……。なんて」

「こんなことを言うのも申し訳ないのですが、私の方がよいものをいただいたので、私の方が嬉しい気持ちでした」

「そんなことないよ」

「そんなことなくないですっ」

「あははっ」

「ふふっ」

さっきまでの空気はどこにいったのか、打ち解けたように笑う二人。

反抗してくる箇所がなんとも可愛《かわい》いシアである。

「本当にありがとうね。大事にさせてもらうよ」

「ありがとうございますっ！　では、私はお仕事に取りかかりますのでっ！」

「あ、ちょっと待って」

「はいっ⁉」

勢いよく椅子から立ち上がったシアにストップをかける。

「あのさ、シア。エレナの父君との会談が終わったら、今後についてもう一回相談できる？」

「あ、そ、それは……その……」

　昨日のように『王宮に勤めた方がいい』なんて言葉をかけられると思っているのか、不安そうに目尻を下げた彼女に一言。

「そうじゃないよ。シアとこれからも一緒にいられるように、なんて相談をさせてもらえたら」

「っ、……は、はぃ」

　その言葉だけで伝わったのだろう。

　ぽっと頬を赤く染め、目を潤ませるシアは小さく返事するのだった。


　時は過ぎ、翌日。普段通りに登校した時のこと。

「ふーん」

「な、なに？」

　その数分後に教室に入ってきたエレナは、こちらを見た途端に綺麗な目を細めながら近づいてきた。

「なにかいいことでもあったのかしらね」

「えっ」

「当たってるでしょ？」

「う、うん。どうしてわかったわけ？」

「簡単よ。一人でニヤニヤしていたから。これがその証拠」

「ちょ」

荷物を机の上に置いたかと思えば、ひんやりとした指先で両頬を摘《つま》んでくる。そして、上がった口角を元に戻すように下に力を加えてきたのだ。

「ねっ？　ニヤニヤしてるでしょ？」

「ん」

「ふふふっ、変な顔。ほんの少しカッコいい顔が台無しね」

「早ぐ離ず」

「はぁい」

楽しむように今度は横に引っ張ってくる彼女に促すと、すぐに手を解いてくれた。

頬を引っ張られていたために濁点がついたものの、しっかりと伝わっていた。

「それにしても唐突すぎない？　顔合わせて十秒くらいで頬摘み《コレ》されたんだけど」

「ごめんなさいね。だらしない表情だったから」

　両手を合わせて謝っているが、楽しそうに笑っている。絶対に反省していない。

「なんかエレナにからかわれる時、毎回頰を触られるような気がするんだけど」

「あなたが避けようとも抵抗しようともしないからよ？　って、あたしに触られたいだけだったり」

「避けても抵抗しても摑《つか》んできそうだと思っただけ」

「嫌がることを無理やりはしないわよ、あたしは。あなたと違って野蛮じゃないんだから」

　と、軽口を言うエレナは、さらに軽口を重ねてくる。

「あ、野蛮なあなただから頰《ほ》っぺたが硬いのかしら。触る度にずっと思っていたのよ」

「なんだそのとんでも理論は」

「だって実際そうなんだもの。なんならあたしの頰っぺた触ってみる？　あなたの二倍は柔らかいと思うのだけど」

「え」

　右の頰を少し膨らませれば、『する？』と促すように人形のように整った顔を近づけてくる。

毎日のように接しているシアにはない一面。慣れない仕草を受けて思わずドキッとしてしまう。

「……やめとく。エレナを虐《いじ》めてたーみたいな噂《うわさ》が広まるかもだし」

「あら、その手の噂が出ていること知っていたの？」

「へ？」

「あたしがあなたに脅されているから絡《から》んでいる、みたいな噂」

「それ初耳なんだけど……」

エレナにまで悪い噂が飛び火しているとは知らなかった自分である。

額を押さえながら深刻な顔を向ける。

「それはかりはわからないわよ。ちなみに、『ベレト様になにもされていませんか⁉』みたいな言葉をかけてくれた人が今朝も四人」

「今朝も……なんだ。ごめん、迷惑かけて」

「気にする必要はなにもないわ。あたしは平気だもの」

「そうは言うけど、声をかけられる以外の問題も起きてたりするんじゃない？」

確信はない。ある程度の予想で口にしたことだが、当たっていた。

「まあ危機に陥っているだろうあたしを助けさえすれば、好意を持ってもらえる。なんて考えている貴族が増えたくらいかしら」

「な、なるほど……」

「そんな下心がわからないとでも思っているのかしらね」

「エレナがそれくらい魅力的ってことだよ。俺もそう思うし」

「っ、そんなお世辞は要らないわよ……。下手な口説き文句だし」

「別にお世辞で言ったつもりはないよ？」

「ふーん」

信じていない、と伝えてくるように間延びした返事が出る。

「そもそも嬉しくはないのだけどね。周りからそう思われていたとしても」

「そうなの？」

「だってあなたのことを誤解しているような相手だから。……あたしも誤解していた一人だから大きな声では言えないけど」

「ほう、言うねえ」

自身への正直さが垣間見《かいまみ》える発言である。

「えっと……一応安心しなさいよね。心配の声をかけてくる人にこう返しているから。『好きで関わっているんだから気にしないで』って」

「ははっ、ありがと。その言葉が一番嬉しいよ」

「……べ、別にあなたのことを考えて言ったわけじゃないわよ。そこだけは勘違いしないでちょうだい」

「わかってるわかってる」

「ならいいのよ」

言い終わった瞬間、そっぽを向かれる。

綺麗《きれい》に整えられた赤髪が揺れ、ジャスミンのような香水が漂っていた。

「と、とりあえず……あなたにもトラブルが起きたら教えなさいよね。あたしだって少しは協力してあげるんだから」

「ありがとう」

チラッと視線が合えば、すぐに目を逸《そ》らすエレナ。

素直さは皆無の言い分だが、気持ちはちゃんと伝わっている。

こちらは素直にお礼を言う。

「……で、話を戻すけど結局なんなのよ。あなたに起こった嬉しいことって。気になるんだけど」

「教えてもいいけど、エレナが俺にヤキモチ焼くかもなぁ」

「やけに引っ張るじゃない。自慢げな顔をしているところ悪いけど、どうせ大した話じゃないんでしょ？」

「いや、そんなことないよ⁉」

そんな前置きをして、昨日のことを話すのだ。

無意識に笑顔になっていることなど気づくこともなく。

「実はさ……シアからプレゼントをもらったんだっ！　自宅用だから今は見せられないけど、羽根ペンとインクのセットを‼」

「あら、確かにそれは妬《や》けるわね」

「まさかプレゼントしてもらえるなんて思ってもみなかったから本当嬉《うれ》しかったよ。これからもっと勉強に精を出さないと、って」

「ふふっ、それじゃあしっかり結果を出してもらわないとね」

嫉妬どころか、面白おかしそうに口に手を当てているエレナは言葉を続けた。

「やっぱり生活を共にしていると、似るところは似てしまうのね？　シアの自慢の仕方と同じよ、あなた。セリフも表情も」

「あ、あはは……」

「でも納得がいったわ。少し前のことだけど、シアがあたしに質問してきたのよ。『男性が喜ぶプレゼントに心当たりはありますか』って」

「そ、そうだったの⁉」

知る由《よし》もなかった貴重な情報を教えてくれる。

あのプレゼントは突発的なものではなく、時間をかけて選んでくれた贈りものであることを。

「ちなみに、あたし以外の人にもたくさん聞いて回っていたみたいね」

「……」

「あの子、自分の全財産で予算を組んでたわよ。『大きな宝石』なんてアドバイスも鵜呑《うの》みにしてたくらいだし」

「すぐに信じちゃうところはシアらしいけど……って、ちゃんと止めてくれた⁉」

「もちろんよ。出過ぎた真似《まね》をしてしまったけど、あなたのことだから『金額よりも気持ちがこもったプレゼントの方が喜ぶんじゃない』って」

「本当にその通りだよ」

全財産を使ったプレゼントをされたのなら、それはもう申し訳なさでいっぱいになる。

無理のないプレゼントの方が嬉しいに決まっている。

「正直なところアドバイスには困ったのよ？　普通の貴族なら高価であれば高価なだけ喜

ばれる、だから」

「あははっ、そんなことはないんじゃない？」

「これだから変わり者は困るのよ」

ピンク色の口を開き、呆《あき》れたようにため息を漏らすエレナだが、琴線に触れたのか優しく微笑《ほほえ》んだ表情を見せていた。

「……そんなあなたに教えてあげる。お父様との会談の件についてだけど」

「お？」

「来週の土曜日、十四時を提案されたから、十三時にはあなたの住むお屋敷《やしき》に馬車を着かせたいらしいのだけど、平気かしら」

「大丈夫。それじゃあ十三時を目処《めど》に準備を進めとくよ」

「お願いするわね」

「うん」

会談の計画もようやく固まったと同時、一つ思い出すことがあった。

「……あ、エレナ」

「なによ？」

「いや、ごめん。言いたいこと忘れちゃった」

「ええ？　なによもう……。思い出したら教えてちょうだいね」

「う、うん」

ベレトは聞けなかった。

エレナも見ただろう招待状に書かれていたこと。

『会談の時間が余った場合には縁談の話でも』

なんて内容についての言葉を。

そうして、会談を約束した日。

来週土曜日を迎えることになる。

第三章　会談日その一

「ごめんなさいね、シア。今日はあなたのご主人を貸してもらうことになって」

「いえいえ！　とんでもないです！」

約束の会談日。

予定時刻よりも少し早く到着したルクレール家の長女、明るい赤髪を目立たせる黒のドレスを着たエレナは、メイド服を着たシアと玄関前で談笑していた。

その間、ベレトは身支度中である。

「そ、それはそうとベレトのお手伝いをしなくても平気なの？　あなたのお仕事でしょうから、怒られたりしない？」

「大丈夫です！　少しお手伝いをさせていただいた後、『エレナ様と一緒に楽しんでくるように』とのご命令をいただきまして！」

にまあと満面な笑みでまるまるとした青の目を細めるシア。

「はあ……。ベレトったら相変わらず変な命令をしてるのね。正直なところ対応をするのは大変でしょ？」

「おっしゃる通りですっ」

こうしてハキハキと主人を否定できるのは、親しい間柄のエレナであり、しっかりとした理由があるから。

「ですが……今回のご命令も私のことを考えてくださってのことですから。エレナ様と楽しくお話しすることができて、休息を取ることもできて……」

「あたしの待ち時間を退屈させないようにした命令でもあるでしょうね。あなたとお話をするのは楽しいもの」

「ありがとうございますっ」

「そんなに頭を下げる必要はないけれどね？」

呆れ混じりに優しく教えるエレナは、声色を変えて言う。

「それで、シア。あたしに聞きたいことがあるなら今のうちに聞いておきなさい？　顔にその文字が書いてあるわよ」

「す、すみません。ではお言葉に甘えまして……本日のご会談について一つ質問をよろしいでしょうか」

「ええ。あたしに答えられることであれば」

エレナが促したことで問いやすくなったシアは、頭を下げてもじもじしながら疑問を投げた。

「あの、エレナ様もご会談に参加されるのですか……？」

「んー。情けないことを言うのだけど、あたしには会談への参加資格がないのよ。知識の差でお邪魔になってしまうから」

「えっ、エレナ様でもですかっ⁉」

「事業を継ぐ準備を進めているアランでさえその一人だから」

「つ、つまり……ベレト様はエレナ様のお父君様とお二人で話されるということでしょうか⁉」

「その予定ね」

「そ、そうですか……」

声のトーンが一つ落ち、眉尻を下げるシア。

そんな様子を見れば、今どのような気持ちになっているのか察するまでもないだろう。

「ベレトのサポート役がいないと心配？」

「……は、はい。エレナ様のお父君様は、誰もが知っておられるほどの御仁ですので」

「確かに会談の内容はお父様の土俵になるでしょうけど、アイツなら案外大丈夫だと思うわよ」

「土俵が違っていらっしゃるのに……ですか？」

「だって、生意気なくらい達観しているんだもの。アイツは」

ベレトを見通しているようで、それでも素直に褒められないような呆れ顔を浮かべるエレナ。

心配の『し』の字もないような態度は、どうしても飲み込めないもの。

「ピンとこないのも仕方がないと思うわ。ベレトってばスカしてるから難しい話は基本しないもの。恐らく面倒ごとを避けようとしていたり、注目を浴びたくないからでしょうけど」

「……ふふ」

なにか心当たりがあったのか、口に手を当てて小さく噴き出したシア。

そんな時である。

「ごめん遅くなって。って、なんか盛り上がってるけど、二人でなに話してたの？」

身支度を整えたベレトが二人に声を飛ばす。

「聞かない方が賢明よ」

「そう言われると気になるんだけど……」

「あらそう。なら教えてあげるわ」

からかうように細い眉を動かすエレナは即答する。

「いかにあなたが生意気なのかって話よ。ね、シア？」

ゆっくりとシアの背後に回ってその肩に手を置いて。

「えっ⁉　あ、その……その……‼」

完全な巻き添え。

それを証明するように両手をブンブン振って、一生懸命弁明しようとしている。

「──なるほどね。エレナが一人で俺の文句を言ってたと」

「別に文句は言ってないわよ。ね、シア？」

「は、はいっ！」

今度はすぐ頷《うなず》くシア。慌てぶりが少し収まり、目を大きくして返事をした。

その様子でこっちは本当だと理解する。

「……文句でもないんだ？」

「とある専属侍女の顔を見て本当かどうか判断しているような人に教えるつもりはないけれどね」

「そ、そうなのですか⁉　ベレト様」

「え、いや……その……」

いつもお世話になっているシアに問い詰められてしまうと、やはり弱ってしまう。

「ねえシア。判断材料にされていることで怒ったら、お詫《わ》びになにかいいことをしてもらえるわよ。コイツのことだから」

「っ‼」

シアの肩をモミモミしながら耳元で変なことを焚《た》きつけるエレナ。

『このくらいで怒るようなヤツじゃないから』なんて表情をして。

そして言葉巧みに焚きつけられるシアは……目をキラキラさせて期待した眼差《まなざ》しを向けてくる。

(このシアの顔、頭を撫《な》でてもらおうとしてそうだなぁ……。『怒ったらって前提を忘れてそうだけど)

可愛《かわい》い内容であり、特に困るようなことでないからこそ、『まあその時はその時でいいかな』で済ますベレトである。

「……ん、ベレト。話もこれくらいでそろそろいきましょうか。時間も迫っているわ」

「ああ、そうだね」

招待された側とはいえ遅刻は厳禁である。彼女の促しはありがたいものだった。

「それじゃシア、あとのことはお願いね。余裕ができたら自分の時間に使ってもらっていいから」

「はい！　あの……ご会談頑張ってくださいね‼」

「もちろん」

そうしてシアに見送られたベレトは、エレナと共に馬車に向かい、唖然《あぜん》とする。

白の塗装が施され、広い客室《キャビン》に、窓がついた馬車を見て。

一目でわかる。お金をかけて作られた豪華な馬車だと。

「俺なんかにこんな立派な馬車を用意してもらわなくてよかったのに……」

「ふふふ、その顔が見たかったからあえて選ばせてもらったわ。お父様もノリノリだったわよ。『あとで反応を教えるように』って」

「な、なんだそれ……」

冗談交じりに言われるが、ベレトは招待された側。

ルクレール家にとって、家名に傷をつけないための当たり前の振る舞いになるのだろう。

そう頭の中で納得し、

「すみません、本日はよろしくお願いします」

ルクレール家の専属御者である白髭《しらひげ》を生やしたジェントルマンに挨拶をすると、優しく微笑《ほほえ》んで頭を下げてくれた。

「それじゃ、乗ってちょうだい。お父様はもう迎え入れる準備を進めているから」

「うん」

その言葉で先に馬車に乗り込んだベレトは、すぐにエレナに手を差し出す。

「はいどうぞ」

「あ、あら……。紳士的なことをしてくれるのね」

「その黒のドレス似合ってるから、特別に」

「はあ……。特別に、じゃなくて普段からするべきよ……。もう」

なんて悪態をつくエレナは斜め下を見て、少し口を尖《とが》らせながらその手を取るのだった。

＊＊＊

「これを言うのはなんだけど、今日はエレナが迎えにきてくれて安心したよ。正直」

「それまたどうして？」

馬車に揺られながら目的地に向かっている最中、正面に座るベレトからこのようなことを言われるエレナがいた。

「ほら、俺はエレナの父君と初対面みたいなものだから、いろいろ身構えちゃうっていうか……」

「ふふっ、なるほどね。まあこれはお父様の指示だもの」

「え⁉」

「顔をよく合わせているあたしだったら、馬車の中でもゆっくりできるでしょ？　あなたが。会談前に疲れさせないためだと思うわ」

「そ、そういうことか！　エレナだけってことに違和感はあったんだよね……。本当、父君の凄《すご》さが改めてわかるよ」

「あたしが尊敬している人なんだから、凄いに決まっているじゃない」

このような褒め言葉は社交辞令でよく聞くが、エレナにはわかっていた。

彼が本心から言ってくれていると。

（本当、こうしてお父様を褒めてもらえると嬉《うれ》しいわ。コイツの言葉だからもっと……）

チョロいと言われるかもしれないが、それだけ家族を大事にしているエレナである。ほかほかした気持ちになる。

「ちゃんと会談できるように頑張らなきゃなぁ……。招待してもらった側とはいえ、貴重な時間を割いてもらってるわけだし」

「あなたなら大丈夫でしょ」

「言い切るんだ……？」

「実際そうだと思っているもの。お父様がこんなことをするのは初めてのことだし」

「そ、それはどうも」

一噛《か》み。さらには、落ち着きのないようにソワソワと馬車から外を覗《のぞ》くベレトを見て……気づくことがある。

「もう……。そんなに緊張しなくてもいいでしょう？　堂々としていればいいんだから」

「そんな軽く言わないでよ……。相手が相手なんだから」

「シアの前では平気な顔をしてたのに、すーぐこれなんだから」

「それツッコまれると思ったよ……」

紫の瞳を細めて視線を向ければ、ベレトは罰が悪そうに弁明した。

「シアには心配させるような姿を見せたくなくってさ。心配したまま仕事をすればミスをしちゃうかもだし、カッコ悪い姿も見せたくないし」

「あたしの前では浮き彫りになっているけどね？」

周りから見てもベレトの行動は『カッコ悪い』と思うだろう。

しかし、エレナは違った。自分にだけ見せてくれるその姿は、無意識に口角が上がってしまうくらいに特別感を感じるもの。

「シアには絶対内緒でお願いね……？　わがままだけど、自慢できる主人であり続けたくて」

「偽りのメッキは必ず剝がれるものよ」

「剝がれる前にもう一回塗れば大丈夫」

「簡単に言っちゃって。まあそのお願いは守ってあげるけどね。別に悪いことをしようとしているわけじゃないから」

「ありがとう」

　ベレトがされて嫌なことをしっかりと理解しているエレナは、からかうこともなく素直に了承する。

　そして、安堵《あんど》した顔でお礼を言う彼を見て内心では呆《あき》れるのだ。

（このことがバレた程度で自慢に思わなくなるようなシアじゃないでしょうに。あの子のことを考えての行動なんだから、もっと自慢の主人になれるでしょうに）

　こう思っていても伝えないのは、『そんなことないでしょ？　頼りないって気持ちが先に出るって！』なんて一蹴されることがわかっているから。

　一連の流れを頭の中に浮かばせるエレナは、毛先まで整った赤髪を人差し指で巻きながら、正面にいるベレトに意味深な視線を飛ばすのだ。

（それに、カッコ悪くなんかないわよ、実際……）

立場の低い侍女のことを考えた行動。もっとわかりやすく言い換えれば、一人の女の子のことを考えた行動なのだ。

（よかったわね、シア。一番嬉しいことをしてもらって）

微笑ましい思いに包まれたのは最初だけ。

「………」

モヤモヤに包まれる。胸が締めつけられるように苦しくなるのだ。

ズルい、なんて気持ちをいっぱいにしてしまったことで。

何気ない会話の中でたくさんのことが伝わってくるのだ。

どれだけ大切に扱っているのか。どれだけ思い遣《や》っているのか。加えて強く繋《つな》がれている絆《きずな》を。

このようなものを見せられ、なにも思わないわけがない。

一人の女として……やり場のない嫉妬を覚えるエレナは、無意識に口を開いていた。

「ねえ……ベレト」

「なに？」

「あ、あなたの手、特別に握ってあげてもいいわよ。シアのことをちゃんと考えてくれたお礼に」

「……ん？　な、なんで手？」

「そ、それはあなたの緊張を取るために決まっているでしょ。人肌に触れると落ち着くって言うじゃない」

「ああ……」

ハッキリしない返事に焦《あせ》ってしまう。

『緊張を取るため』なんて口実がバレていないかと。『モヤモヤした』なんて本心がバレていないかと。

エレナは頭を働かせ、すぐに二の矢を放つ。

「ふ、ふんっ。本当に勘違いしないでよ。あなたの手を握りたいわけじゃないんだから」

「……それって本当？」

「っ」

気づかれた⁉　と目を大きくするが、全ては杞憂《きゆう》に終わる。

「その反応、やっぱり俺に〝意地悪〟しようとしてるでしょ。手を繋がれると逆に緊張するって」

「……」

（そ、そうよ。あたしが慌てる必要はなにもないのよ……。コイツは鈍感なんだから、そう簡単にバレるはずがないんだもの）

この保険が一つかかるだけで冷静になれる。心に余裕も生まれ、揚げ足を取ることだってできるようになる。

「あらら？　あなたは手を繋ぐ程度で緊張しちゃうの？　あたしのことを異性として見ていたとしてもダサいんじゃないかしら」

ピクピクと眉を動かして得意げな顔を一生懸命に作るエレナは、正面から喧嘩《けんか》を売った。

ベレトの性格を知っているからこそ、あえて挑発をした。

結果、思い通りの返事を聞くことになる。

「べ、別に？　今のは冗談だし」

「へえ。それなら握らせなさいよ。緊張を解いてあげるから」

「はいはい」

「なによその投げやりな返事。感謝くらいしなさいよね」

強気な態度を見せながら立ち上がり、ベレトの隣に座り直すエレナは、ご機嫌な笑みをこっそり作っていた。

（……ふふ、あたしなんかの手のひらで転がされちゃって。こうしたところは単純なんだ

から）

ノリで答えてくれたのかもしれないが、ともかく心が弾む。その勢いで啖呵《たんか》を切ったのだ。

「ほら、早く手を出しなさいよ。それとも『緊張する』って言葉は本当だったのかしら」

「冗談って言った」

「さっきは『緊張する』なんて情けない顔で言ってたくせに」

「……なんかさ？　わざと挑発されてるような気がするんだけど、気のせい？」

「は、はあ？　あなたを挑発してもあたしにメリットはないわよ」

「それは……確かに」

（本当にバカね。どうしてそこで認めちゃうんだか）

言い負かせたと確信した瞬間、ベレトの手がすぐ側《そば》に置かれる。

「あ、も、もういいの？　握って……」

「いつでも。これで緊張が取れるとは思えな……じゃなくて、緊張が取れたら御の字だし」

「き、緊張が取れるから……するのよ」

コクリと頷《うなず》く。

「……」

「……」

その無言の時間は数秒続いただろう。口を閉じたままベレトの手の甲に、ゆっくりと手を重ね合わせるのだ。

「……」

「な、なんかゴツゴツしてて気持ち悪いわね。あなたの手」

「それは酷《ひど》くない？」

「だ、だってそう思ったんだもの……」

なんて感想を述べながら、片手を胸に当ててチラリと彼を見る。

その仕草は心臓の音を隠すようで、今の顔は髪色に負けず劣らず真っ赤になっていた。

緊張と恥ずかしさを引き換えに、嫉妬の気持ちを晴らすことに成功したエレナだった。

＊＊＊

「緊張、少しは取れたかしら」

「な、なによそれ。せっかくあなたの変な手を握ってあげたのに」

広い敷地《しきち》に建つ豪邸の入り口に大きな門を構えるルクレール邸に着き、馬車を降りた後のこと。

多種多様の花々が並ぶ庭園の綺麗《きれい》に手入れされた芝や木々を見ながら玄関に向かっている時、相変わらずのやり取りを続ける二人がいた。

「変な手って言うけど、男はみんな骨張ってるもんだって」

「あなた以上にゴツゴツしている人はいないわよ」

「いやいや、そんなことないって。ほら」

その手を見せると、なぜか顔を赤くして話題を逸《そ》らすエレナがいる。

「って、そもそも途中から手を握るとかじゃなかったような……。手の甲を突《つつ》いてきたり、手を持ち上げたり、指を引っ張ってきたり」

「そ、それは感触が変だったからよ。全部あなたのせいだから」

「これまた理不尽な言い分で……」

「ふんっ」

お得意の鼻鳴らしをして綺麗な赤髪を揺らすエレナを見て、ひっそりと笑みをこぼす。

「……正直、微妙」

ここで笑っているところがバレていたのなら、『なによ！』とツッコミを入れられることは間違いないだろう。

「ありがとう、エレナ」

「……は？」

「なんでもない」

「なによそれ」

普段となにも変わらない彼女の姿を見てリラックスできる。

心の中で感謝しながら歩き続けること少し。

太い柱と柱の間にある大きな玄関が視界に入ると、そこには一人の男子がピンと姿勢を正して立っていた。

そして、こちらと目が合った瞬間である。

「ご、ご無沙汰しております！　ベレト様‼」

紫の目を大きくして駆け足で近づいてくるのは、ルクレール家の弟御、アランである。

「おっ！　久しぶりだねアラン君。元気にしてた？」

「はい！」

元気な返事と共にキラキラのエフェクトがあるようなイケメンの笑顔を見せてくる。

これだけで惚《ほ》れてしまう女性がいることだろう。

彼と顔を合わせたのは図書室で（偶然）相談に乗った時。かなり前のことである。

当時は彼の名前も素性も知らなかったが、その件は今も内緒にしていること。

「本日はお会いできること楽しみにしておりました！　ベレト様こそお元気でしたか!?」

「う、うん」

『な、なんか近いな。グイグイくるな。めっちゃ笑顔だな……』

それがベレトの素直な感想で、端整な顔を近づけられる。

思い出せばエレナも顔を近づけてくる癖があるような気がする。

知らず知らずのうちに姉から譲り受けた行動なのだろうか。

とりあえず言える。彼から『嬉《うれ》しい』との気持ちがひしひし伝わってくると。

「そ、それよりアラン君は今日お出かけするの？　外出するような格好をしてるけど」

「おっしゃる通りです。これからお父様が経営されておられる店に向かう予定でして」

「え？　お店に……？」

「はい！　今現在は店長の下で働かせてもらい、経験を積みながら経営の勉強をしております」

「おお、なるほど」

不満げな態度を見せず、ありがたそうに報告するアラン。

『店長』の立場より、『伯爵家の出』であるアランの方が間違いなく高い地位にあるが、それを抜きにしているところが彼らしい。いや、エレナの弟らしい。

権力第一な貴族社会では間違いなく珍しいことだ。

「一生懸命頑張ってるようで安心したよ。手応えの方はどう？　これなら大丈夫そうだな、みたいな感覚は持てた？」

「正直なところ全然でして……。情けない話、状況を理解すればするだけ考えの甘さを実感するばかりです」

「自信が持てなくなった？」

「はい……」

肩を落とすように小さく返事をするアラン。第一の壁にぶつかっているようだが、これは誰しもが経験すること。

「そっか。でもそれはいい傾向だと思うよ。全然情けない話でもなくって」

「いい傾向……ですか？」

「そう俺は思うなぁ。経営のノウハウを持っていて自信がないなら問題だけど、アラン君は違うでしょ？　まだスタート地点に立ったばかりだから自信が持てないのは当然だし、自信がないからこそ吸収する力は強くなるし、失敗から反省をして成長ができるはずだよ」

『ね？』と肩を叩《たた》いて励ます自分である。

そもそも彼の年で経営に臨もうとしているだけで凄《すご》いことなのだ。

敬意を払うまでである。

「そんなわけで、プレッシャーを感じた時とか、なにかに困った時はいつでも頼ってくれていいからね。アラン君の父君ほど頼り甲斐《がい》はないけどさ、あはは」

「本当にありがとうございます‼」

「いやいや、そんなお礼を言われるようなことじゃないよ」

頭を深く下げ、強い謝意を伝えてくる彼に片手を振る。

「あ、もう一つ伝えたいことがあって」

「どのようなご用件でしょうか」

「この件で男爵家三女のその……ルーナ・ペレンメルの力も借りようと思ってるんだけど、アラン君は大丈夫かな？　一応、彼女には話を通してる状態で」

ルーナのことを知らない可能性があるため、フルネームを口にしたが、余計なお世話だった。

「えっ⁉　あ、あ……あの才女のルーナ嬢にですかっ⁉」

「うん。アラン君と同い年の」

「そ、そのようなことが……」

「ん？」

アランが目を瞠《みは》るほど驚くのも無理はない。

ルーナは自分の時間──読書の時間を特に大切にしていることで有名なのだ。読書中は誰をも寄せつけないオーラを放っているほどに。

ルーナとは同い年だからこそ、ベレト以上に『本食いの才女』と呼ばれる理由を知っているアランなのだ。

間違いなく言えるのは、こんな簡単に言えるほど協力を仰げるような人物ではないということ。

「ま、まあ彼女ほど豊富な知識を持ってる人はいないし、俺も頼りにしてるくらいでさ」

「そこまで動いてくださっていたなんて……。本当に頭が上がりません！　ルーナ嬢によろしくお伝えくださいい！」

「わ、わかった。うん」

笑顔が眩《まぶ》しい。汚い心が浄化されそうな表情を向けてくる。

こんな気持ちを察したのは、隣でずっとこの会話を聞いていた姉、エレナである。

「こうなるのも仕方ないわよ。アランったら、あなたと会いたいがためにお店に行くのを遅らせているんだもの。もちろんお父様には許可を取っているけど」

「つまり遅刻？」

「ね、姉様！　それは言わない約束で……！」

「ふふ、そうだったかしら」

確実にとぼけているエレナであるのはアランも気づいているだろう。

姉弟喧嘩《げんか》が始まりそうな雰囲気に包まれるが――。

「アラン、そろそろお店に向かわないと間に合わないんじゃない？」

「あっ」

時間は有限。顔を合わせたらすぐに家を出る、そんな約束だったのだろう。彼はすぐに焦《あせ》りの様子を見せた。

「そ、それではベレト様！　またお会いできる日を心からお待ちしております！」

「うん。お仕事頑張ってね」

「はい！　それでは失礼いたします」

ハキハキとした声で洗練されたお辞儀をしたアランは、早足で馬車に向かっていったのだ。

　そうして、エレナと二人きりになる。

『じゃあ入りましょうか』と促されるかと思えば、彼女は横目で見たままお礼を言うのだ。

「……ありがとね、ベレト」

「えっと、なにが？」

「アランにアドバイスをくれて。自信がないのはいい傾向なんて、あたしには言えないもの。これから支えになってくれる言葉だと思うわ」

「どういたしまして」

「………本当、頼りになるんだから」

　またアランを助けてくれた。当たり前に元気づけてくれた。

　それがエレナから見たベレトの印象。

　髪に隠れる耳を赤くしながらボソリと呟《つぶや》くエレナは、一歩二歩と踏み出してドアノブに手を伸ばす。

「そういえばさ、ルクレール家の使用人さんは？　全然見当たらないから気になってて」

「あら、言ってなかったかしら？　この時間はお店のお手伝いをしてもらっているから、基本少ないのよ。だから会談時はあたしが紅茶を届けることにもなっているわ」

「へえ……」

「あたしが淹《い》れる紅茶は不味《まず》そうって言いたそうね」

「そうじゃないって。二つの仕事をするって方針が珍しいなって思って」

「ふんっ、ならいいけど」

納得したエレナは玄関扉を開ける。会談の時間はもう間近。

「……ね、ベレト」

「うん？」

「やっぱりなんでもないわ」

「なんだそれ」

この二人きりの時間を惜しむように、ベレトの裾にさりげなく手を伸ばすエレナだった。

幕間《まくあい》

同時刻。

――ペラ。

とある一室では、本のページを捲《めく》る音が聞こえていた。

「……」

――ペラ。

次にページを捲ったのはその十分後のこと。

普段よりも数倍遅い読書をする彼女だが、中身を読み込んでいるわけではなかった。頭の中に内容は入っていなかった。

唯一の趣味に集中できていなかっただけなのだ。

「……はあ」

ルーナの口から漏れたのは、深いため息。

『ダメですね』なんて気持ちで本を机に置く彼女は、プレゼントにもらった宝物の栞《しおり》を本に挟んで読書のスイッチを切った。

最近のルーナはずっとこの調子。こうなっているのには、ちゃんとした理由があった。

（会談の日はそろそろですよね……）

頭の中はこれで支配されていたのだ。エレナの父親とベレトが行う会談で。

ただの会談であればここまで影響されることはない。しかし、衝撃的な内容を見てしまっている。

ベレト宛ての招待状に書かれていた『会談の時間が余った場合には縁談のようなお話でもどうですか』なんて文字を。

それが脳裏に焼きついてしまっていたのだ。

「会談の本題は縁談《こちら》に決まっています……」

別に文通でのやり取りでも不便はないのだ。同じクラスのエレナが仲介役となり、一日ごとに連絡を取り合えるのだから。

わざわざ招待状を送って顔を合わせようとしたのは、相手を見定めようとしているから。

つまり、縁談を軸に置いているという証拠。

全ての筋道が見えているルーナは、眠たげな目で天井を見上げる。

「……ベレト・セントフォード。あなたは一体どのようなお返事をするのですか」

小声が漏れ、瞳が揺れる。

こんなことを声に出すものの、頭の中ではわかっていた。

彼がよい返事をすることに。

縁談相手のエレナは、伯爵のトップと言っても過言ではないほどの良家の出。それに加え、人形のように美しく、スタイルもよく、数多く求婚をされるほどの容姿を持っている。

縁談の誘いを断る理由などない。同性のルーナでもこう思うほど。

（わたしになにか勝てる要素があれば、この気持ちも少しは楽になれたでしょうね……）

相手が悪い。その答えに直結する。

「……もっと早くあの人と関わることができていたら……。いえ、関わりたかったです。本当に……」

仮に縁談が決まれば、一対一での関わりは控えなければならない。

身分の低いルーナだからこそ、目をつけられないように。多くの貴族から反感を買わないように。

聡明《そうめい》な頭を持っているからこそ、これからは二人で遊びにいけなくなることを理解している。あの約束も叶《かな》わなくなる可能性がある。

「エレナ嬢が羨ましいです……。すごく羨ましいです……」

今回、身分差を痛感したルーナは、ベレトからプレゼントされた栞を見つめながら、無意識な声を漏らす。

　そんな時だった。

「ルーナ様。お食事の用意が整いました」

　コンコンとドアをノックされ、使用人から声をかけられる。

「……」

「ルーナ様？　お読書中でしょうか。お食事の用意が整いました」

　返事がなかったことで再度声をかけられ、ルーナは我に返ったように返事をする。

「っ、サラ。今時間ってある」

「もちろんでございます」

「なら中に入って。わたしの話……少し聞いてほしい」

「かしこまりました。それでは失礼いたします」

　珍しい要望もしっかり受け入れる使用人はノブに手をかけ、ドアを開けて室内に入る。

　一歩二歩と足を動かし、すぐに促した。

「どうされましたか、ルーナ様。なにかご所望な書物でも？」

「ううん。そうじゃなくて、不満を聞いてほしいの」

「ご、ご不満をですか」

「うん」

「か、かしこまりました」

目を丸くして声を上擦らせる使用人は、いつも以上に姿勢を正す。

こんなことをルーナが口にしたのは、初めてだったのだ。

「あのね、サラ。わたし……気になっている人がいるの」

「っ！」

「その人のことを考えたらドキドキするし、その人が女の人と話しているのを想像するとモヤモヤもする」

「……」

「勘違いしないで。好きなわけじゃない。一緒にいて楽しいだけ」

「は、はあ」

『それはもう想《おも》いを寄せているのでは？』なんて言葉をなんとか飲み込み、別の言葉で補完する使用人である。

「その殿方についての不満でしょうか？」

「その人に不満なんかない。その人は凄《すご》くいい人。優しくて、とても頼りになる。身分も高いのに平等に接してくれる。尊敬もしてる」

「な、なるほど」

「でも……その人に縁談が持ちかけられそうなの。もっと仲良くなりたいって、思っていたところに」

ルーナは止まらない。今までの気持ちを使用人にぶつける。

「身分が違うから、いつかはこうなるってわかってた。でも、いきなりのことだったから……ズルい。また一緒にお出かけする約束もしてたのに」

「素敵な殿方であるばかりに、横槍《よこやり》を入れられてしまったわけですね」

「うん……」

コクリと首を動かし、小さな手で握り拳を作るルーナは、再び『ズルい』と言葉を絞り出していた。

やるせない。そんな様子に重たい空気が流れる一室。しかし、使用人は微笑《ほほえ》ましそうに笑っていた。

「ふふ、そうですか。ルーナ様も恋を覚えるようなお年頃になられたのですね」

「からかわないで。好きじゃないって言ってる」

「申し訳ありませんが、ワタシには信じられません。ルーナ様が読み物に集中できなくなるほど、その殿方の縁談を気にされているようなので」

「っ」

机の上に視線を飛ばす使用人は、ニッコリと笑顔を作った。

読む本は机の右に積み、読み終わった本は机の左に積む。これがルーナの日常だが、今日に至っては左側に一冊も本が置かれていないのだから。

これは自室に招き入れたことでバレてしまったことである。

「根拠はまだまだございます」

「嘘《うそ》」

「殿方からプレゼントされた栞を持って就寝されていますから」

「……」

「『また遊びたい』『いつ遊べるのかな』と呟《つぶや》いている現場もしばしば目撃いたしました」

「………」

「その他には――」

「も、もういい」

それだけ言うと、ルーナは下を向いた。

今の顔を見せないように。見られたくないように。

「ルーナ様。素敵な殿方であればあるだけ、横槍を入れられてしまうものです。無論、受け身になればなるだけルーナ様の願望は潰《つい》えてしまいますよ」

「なにが言いたいの」

「頭の中ではわかっているはずですよ。勇気を出して行動に移すことは大事だと」

「っ」

強い言葉で簡潔に伝えるのだ。

「身分差のあったワタシが今の家庭を持てたことも、そのおかげです」

「……」

論より証拠をしっかりと見せた使用人は、ルーナの心を動かすように言葉を選ぶのだ。

「全てにおいて競争の世の中ですから、思いのままに動いてみるべきかと。素敵な殿方を逃してしまわぬように」と。

第四章　会談日その二

『じゃあ頑張りなさいよ、ベレト』

そんなエールを送られながらエレナに背中を押されて応接室に通されたベレトは――。

「ほ、本日はご招待いただきありがとうございますっ！　ルクレール伯爵のお噂《うわさ》はかねがね伺っております」

緊張の面持ちのまま頭を下げ、ファーストコンタクトを取っていた。

「ハハハッ。よくぞ参られたベレト・セントフォード君。今日という日を待ち侘《わ》びておったぞ」

緊張を取り払ってくれるように豪快に笑う伯爵は歩み寄り、彫りの深い目鼻立ちのはっきりした顔を微笑みに変え、手を差し出してくる。

「……」

「おや？」

「そ、そうおっしゃっていただけると、こちらとしても嬉《うれ》しく思います！」

呆気《あっけ》に取られ、間を置いてしまったベレトだが、すぐに手を差し出して握手を交わす。

口には出さないが意外だったのだ。

知的で物静かな人物像を思い浮かべていたが、そのイメージとはかけ離れていたことで。

「うむうむ。早速おかけになってくだされ」

「あ、ありがとうございます」

手を離せば、丁寧に椅子を指してくれる。

その指示に従い、両者椅子に座った時である。ピクリと眉を動かして伯爵はこう述べたのだ。

「ベレト君。堅苦しい言葉は苦手かね？」

「あ、あはは……。おっしゃる通りです。申し訳ありません」

さすがの観察眼である。たったのファーストコンタクトで見破られてしまう。

もう一度頭を下げれば豪快で、ご機嫌そうな笑い声が響く。

「ガハハッ、我よりも君の方が立場は上であることを忘れてはいないかね？」

「それはその、自分はルクレール伯爵のように偉いことはなにもしていませんので」

「ほう。そうかそうか。それは面白い」

摑《つか》みどころのない返事。

形式上は伯爵よりも侯爵の方が上の爵位。生まれた瞬間からその立場は絶対的なものだが、社会に大きく貢献している伯爵と、まだ社会に出てない自分では比べる土俵にも立てていない。

この前世の感性は違和感を感じさせるもので、常識とはかけ離れているだろうが、こればかりは意識しても変えられないもの。

「では、立場上おかしなことではあるが、我がこう言おう。無礼講で構わぬか？　我としても堅苦しいことは嫌いでな。楽にコミュニケーションを取りたいというのが本音なのだ」

「本当に助かります。では、お言葉に甘えさせていただきます」

「フハハ、気にすることはない。このやり取りができただけでも、我はもう満足しているほどだ」

こうして顔を合わせるのは初めてだが、気まずさは全く感じない。

それは優しい雰囲気を作ってくれるだけでなく、話をリードしてくれるからだろう。

「そういえば、ベレト君のご両親は元気にされているかね？　今現在は地方に出かけられているのだろう？」

「はい。今現在は領地の開拓を行っているそうで、もうしばらくかかるそうです」

「その年頃でご両親が近くにいないというのは、さぞ寂しかろう？」

「寂しい気持ちがないというと嘘になるんですが、仕えてもらっている人がたくさんいるので、不便はなにもないというのが現状です」

「ここで使用人を立てるか」

事実を言っただけだが、やはり感性の違いが出る。

気分よさそうに笑みを作った伯爵である。

「まあもう少し我慢するとよい。ご両親は君に領地を譲り渡すために躍起になっているのだからな」

「えっ？」

「む？　ベレト君は聞いていないかね？」

「は、はい」

「……」

「……」

三秒ほど間が空く。

「そうか。であれば今の話は聞かなかったことにしてもらおうか。フハハハ！　本当に申し訳ない！」

「あ、あはは。お気になさらず」

両親からのサプライズをバラしてしまったとすぐに気づいたのだろう。豪快に笑ったと思えば、頭を下げて謝罪される。

権威があるだけにそう簡単に下げていいような頭ではないはずだが、これができるからこそ、エレナやアランは偉い身分に左右されることなく真《ま》っ直《す》ぐに成長しているのだろう。

「コホン。では、この辺で本題に移っても構わぬか？　より良い時間を過ごすためにもな」

「もちろんです」

「それではありがたくお言葉に甘えさせてもらおう」

と、丁寧な前置きが終われば、伯爵の一瞬で空気が変わる。

スイッチをオンにしたのだろう。仕事をしている時のような真剣な顔を作って深々と頭を下げたのだ。

「まずはアランの相談に乗ってくれたことに感謝する。招待状にも書き記させてもらったのだが、今一度お礼を言わせてほしい」

「い、いえ！　そんなお礼を言われることでは……」

「謙遜はしなくてよい。娘から聞いたが、エレナの悩みごとを聞いた後、アランを探して相談に乗ってくれたのだろう？　自身の時間を使ってそこまでできる人間はなかなかいない」

「あ……」

すぐに頭に浮かぶ言葉は『偶然』である。すぐに指摘をしようとしたベレトだが、そのタイミングが作られることはなかった。

「一人の父親として本当に感謝する。仕事柄、我が子に構う時間がなかなか取れなくてな」

先に謝辞を言われてしまったのだ。

「そして話を戻すのだが、アランが相談したこと。そして、君がどのようなアドバイスをしたのかも聞いている。今日はその件についてもっと深く会話をしたいと思っていてな」

「深い話とおっしゃいますと……」

ルーナが予想していた通りの流れになる。予《あらかじ》めシミュレーションしていたことで、心には余裕があった。

「うむ。やはりいろいろ気になったのだ。あまりにも的を射ている、と。もう察しているだろうが、今日は君の意見をもう少し探りたくてな」

「……」

『ルーナの言葉がなかったらなにも察してなかったです』そう伝えるような無言だが、当然伯爵に伝わるはずがない。

『いつでもどうぞ』と誤解されたように言葉を続けられるのだ。

「まず、アランは食材の廃棄を減らすことを目標に掲げていただろう？　捨てるくらいならば食事に困っている方に無料で提供する、と。要するに両者が損を減らすような理想のコンセプトを立てていた」

「そ、そうですね」

さすがは経営者。話の道筋を立ててわかりやすく説明してくれる。

「で、君はしっかりとリスクを指摘したそうじゃないか。無料で提供した食材のせいで体調が悪くなったらどうするのか、と。でっち上げられたらどうするのか、と。相手の狙いはお金で、無罪だと戦ったところで悪い噂が必ず流れてしまう。店にとってマイナスの結果になってしまうと」

「は、はい」

「さらには、我らが食材を無駄にしてでも廃棄している理由まで説明できていたのだろう？　私利私欲のために善意を利用する人間はたくさんいる。この世はいい人ばかりじゃないと。その店が繁盛《はんじょう》しなければ、働いてくれている従業員の生活を守ることができないからと」

「で、ですね……」

詳細な情報に驚きを新たにするベレト。

ここから考えられることは一つ。アランが相談内容をしっかり覚えていて、その全てを父親に伝えたということだ。

「経営を齧《かじ》っているアランを納得させ、ここまで意見ができる学生はほんの一握りだろう。間違いなく言えることは、君が優秀であるということだ」

「あ、ありがとうございます……」

前世の記憶があるだけに、優秀だと思われるのは自然なこと。

「そんな優秀なベレト君に質問をさせてもらう。君はアランのコンセプトを聞いて『難しい』と判断したようだが、『無理』だとは言わなかったそうじゃないか。つまり、理想を叶《かな》えられるような案があったが、それを考える機会を与えるためにあえて黙っていたのではないか。と予想しているのだが、どうだろうか」

もう感じない。顔を合わせた時のフレンドリーな雰囲気を。

圧迫面接をされているような、同業者として接しているような感覚であった。

「……た、確かにおっしゃる通りですが、ルクレール伯爵と同じような考えだと思います」

「続けてくれたまえ」

「彼の理想を叶えるために一番守らなければならないことは、善意を裏切らない相手に廃棄になりそうな食材を渡す、または料理を振る舞うことです。この問題さえクリアすることができれば、大きな問題点はなくなると思います」

「ふむ」

「……自分ならば、提供する相手を厳選します」

「〝誰にでも〟を求めるアランには言いづらいことだな」

「それは否定できませんが、経験を積むいい機会だと思います」

「なるほど」

首を縦に振ってベレトは頷《うなず》く。だが、これをするだけでも食材の無駄は減る。人を助けることができる。

「で、先ほどの君は相手を厳選すると言ったが、その相手を問おう」

「自分は孤児院で暮らしている孤児に与えるのはどうかと思います」

「ほう？」

「善意を裏切らない相手を挙げるのであれば、善意を裏切るメリットがないような相手でなければなりません。孤児院は貧しくもありながら子どもが一人一人大切に育てられている場所ですから、食材が提供されるメリットを蹴ってまで裏切りに走ることはなかなか考えられません」

「ふむ」

間に言葉を入れることもなく、完全に受け身に走っている伯爵。こちらの考えを聞くことが目的なのだろう。

試されているのだと感じていた。

「しかし、そのリスクケアをしたところで裏切られるリスクは必ず生じるものだ。君ならリスクを背負ってまでの〝見返り〟をなんだと見るかね」

「一つは孤児院の子ども達が大きくなった時、労働力をいただける可能性があります。食材を提供するという恩を売っているので不義も働きづらいと思います。そして、孤児院に支援していると情報が広まった時、地域住民からの信頼をさらに得ることができると考えます」

「それでは見返りが弱いとは思わないかね？　こちらは店を失うリスクがかかっているのだぞ？」

眉間にシワを寄せ、ここで初めて意見を出される。

恐らくこれが最後の試しなのだろう。

圧のある目線を向けられるが、会談の内容は何度もシミュレーションしているのだ。ベレトはその瞳を見てしっかりと返した。

「……自分はそう思わない、と答えさせていただきます」

「ほう」

「自分で言っていてなんなのですが、労働力でのメリットは弱いと思います。ですが、信頼はお金で買うことができないものですし、信頼は集客力にも繋《つな》がって、困った時に手を差し伸べてもらえる時もあります。長い目で見れば、大きな見返りになると考えます」

「……ふむ。素晴らしいな。反論の余地がない」

その言葉を口にした瞬間である。

白い歯を見せるイルチェスタスは、圧のある雰囲気を霧散させた。

顔を合わせた時のような、親しみやすい雰囲気を持ってこう投げかけてきたのだ。

「一つ聞きたい。ベレト君も察しているだろう？　我もその考えに至っていることに」

「もちろんです」

これは話を合わせているわけではない。

今、目の前にいる伯爵は多くのレストランを発展させ続けている名将。

このような考えを持ち合わせていないわけがないのだから。

「では、対策案を実行せず、食材をあえて無駄にしている我を愚かに思っていたりするかね？　無礼講だ。素直に教えてほしい」

「愚かだなんてそんな……！　自分がこんなことを言うのはおこがましいのですが、とてもカッコよく映っております」

「カッコよいと？」

予想していなかった言葉だったのだろう。眉を上げて訝《いぶか》しそうな表情を向けられるが、本気でそう思っていること。

「今関わっておられる業界をよくしようと思っていなければ、もっと民に喜んでもらえるような取り組みを考えていなければ、ご子息のリスクある理想に挑戦させようとするはずがありませんから」

「フッ、ガハハッ！」

最後まで言い終えた時、噴き出すように豪快に笑う。

「気に入った！　本当に大したものだ。今すぐにでも君にアランの補佐についてほしいと思っているのだが……どうだろうか。謝礼は十分弾ませてもらうぞ？」

「えっ⁉　いや、自分では力不足ですから」

「『貧しい人々を助けても見返りは……』なんてアランに言ったのはベレト君だろう？

それなのにも拘《かかわ》らず、ここでは見返りをしっかりと提示できていた。アランに考えさせるキッカケを作ったその手腕はその年でできるものではない」

感心するようにニヤリと笑う伯爵に、ベレトは苦笑いである。

「あ、あの……ずっと思っていたんですが、相談した内容って詳細に伝えられているんですね……？」

「うむ。君ほどではないが、言われたことは忘れないほどにアランもまた賢いのだ」

「な、なるほど」

『それはもう自分より絶対賢いような……』なんてツッコミは心の中に留《とど》めておく。

そして、難しい話に一段落ついた時。

『コンコン』

外から会話を聞いていたのか、応接室にノックがされる。

『お父様、紅茶のご用意が整ったわ』

ドアの奥から聞こえてきたのはエレナの声である。

「おおそうか、入ってくれ」

伯爵の声に従ったエレナは、台車を押しながら入室してくる。本来は使用人の仕事だが、堂々とした立ち振る舞いを見るに両親から指導されていることとなのだろう。

チラッとこちらを見てくる彼女は、音を立てることなく紅茶とフェナンシェのような焼き菓子を置いてくれる。

「お父様？」

「フハハ、我は構わんぞ」

二人にだけ通じる会話をすれば、エレナがニッコリ笑ってこちらを見てくる。

「会談は順調かしら」

「あ、あはは。父君のおかげさまで」

どうやら声をかけてよいのか、という確認だったようだ。

「そのような謙遜はしなくてよいぞ？　ベレト君がしっかりと受け答えしているからではないか」

「いえいえ」

「あら、随分とお父様に気に入られちゃって」

「我は元々気に入っていたのだぞ？　もっと気に入ったことには違いないがな」

「あ、ありがとうございます。そう言っていただけると嬉《うれ》しいです」

エレナが顔を出してくれたことにより、もっと柔和な雰囲気がこの一室を包み込む。

「って、ベレトの方が上の立場なのに、なんでそんなに丁寧なのよ」

「俺はなにも偉いことをしてないんだから当然でしょ？」

「当然じゃないわよ……」

「ハハハ、それを言うならば、エレナとてベレト君の立場を慮《おもんぱか》って言葉を選ばなければなかろう？」

「お、お父様はあたしの味方をしてちょうだいよ……もう」

口では勝てない人物だということを理解しているのだろう。すぐに白旗を揚げたエレナだ。

「そ、それじゃああたしは失礼するわね。会談のお時間を潰すわけにもいかないから」

「逃げた」

「ふんっ！」

図星だったのか、鼻を鳴らして退出していった。

「あはは、相変わらずだなぁ……」

「すまぬな、まだまだ教育不足なのだ」

「個人的にはあの姿が一番魅力的だと思っています」

「そうか。ベレト君がそう言うのならば、そうなのだろうな」

「……」

素直に受け取られ気恥ずかしくなってしまう。

逃げどころを探すように温かな紅茶で喉を潤すと、伯爵は愉快そうに微笑《ほほえ》みながら促してくる。

「よい味だろう？　エレナの淹《い》れる紅茶は」

「は、はい。正直驚きました。誰かに教えてもらったりしているんですか？」

「うむ、我が指導してもらうように頼んだのだ」

「それは珍しいですね」

基本的に貴族が紅茶を淹れるようなことはしない。

使用人などの側近が行う仕事である。

「フハハ。ベレト君に問おうか。なぜこの指導をさせたのか、と」

「え、えっと……」

不意な問いに困惑してしまうが、エレナと関わっているだけに思い浮かばないということはなかった。

（もしかしたら、俺がエレナとどれだけ関わってるのか確かめようとしてるのかな……？）

相手が相手なのだ。ふとこんなことを想像してしまう。

「うーん。身分の低い相手にも敬意を持てるように育てたかった……みたいな理由でしょうか。身分が低いからといっても、その人から学ぶべきところはたくさんあるので」

「正しくその通りだ。我々貴族は下の皆の頑張りによって生かしてもらっているのだからな。慕われる人間になってこそというものだろう」

「なるほど」

伯爵の狙い通りに成長しているエレナとアラン。しっかりと教育が施されていることがわかる。

「まあ、この指導をした理由はもう一つあるのだがな」

「もう一つ……ですか？」

追加の理由はさすがにわからない。

首を傾けた瞬間、ニヤリと口角を上げる伯爵はすぐに答えを打ち明ける。

「花嫁修業だ。紅茶を一つ出せるだけで印象は違かろう？」

「あ、はは……。抜かりないですね」

苦笑いを浮かべながら返事をするベレトだが、『花嫁修業』の言葉を聞き、招待状の中に書かれていたあの内容を思い出す。

鼓動を速めながら、平常心を取り繕う。

「我が言うのもなんだが、エレナはよき娘だろう？　癖のある性格はしておるが、将来的にはもっと美しくなると思わないか？」

「……そ、そうですね。数多くの求婚をされているのも納得します」

「そうか。であれば招待状に書かれていた内容に驚いたのではないか？」

「も、もちろんです。もちろん……」

胸中で思うことは一つ。

（い、いつの間にか話がこっちに……）

話術に呑《の》まれ、やられるがまま進行される。

だが、こちらとしても先に提示しておきたいことがあった。

「……ちなみにですが、ルクレール伯爵はどこまでが本気なのでしょうか」

「ほう？」

「今回、会談をさせていただいて感じたのですが、わざと『縁談』の文字を使われたのかなと思う部分がありまして……」

直球で言うならば、この言葉。

『本気で縁談の話をしようとはしていない』である。

「やはり鋭いな。申し訳ないのだが、少し大袈裟《おおげさ》に書いてしまったのだ。上手《うま》い言葉が見つからなくてな」

申し訳ないと頭を下げられるが、相手が相手なだけに察する。

「あの……それは方便とかだったりしません？」

『ルクレール伯爵のことですから』そんな含みを感じ取ったように、

「フッ」

と、微笑を浮かべる伯爵は、少しの間を置いて咳払《せきばら》いをした。

「本音を言うならば、君に意識させたい部分があってな。エレナと親しい関係になった時のことを」

「え⁉」

この瞬間、手のひらで踊らされていたことを知る。実際にそう考えてしまうようなことがあったのだ。

「ベレト君も知っている通り、我が娘は数多くの求婚を受け、全て断っている現状なのだよ。『あたしが関わってきた人の中で選びたい』という理由でな」

「あ、あはは……」

エレナらしい理由に思わず苦笑いを浮かべてしまう。

「しかし、断れば断るだけ欲《ほっ》する気持ちが強まるのは自然だろう？　最近は執念深い貴族も少なくなくてな。エレナも手を焼いている状況なのだ」

「……」

「我のわがままを言うならば、エレナの容姿ではなく、その中身を好いた男と結ばれることなのだ。そして願わくば、娘を守ってくれるような頼り甲斐《がい》のある男と結ばれてほしいと思っている」

本気だと伝えんばかりに鋭い眼光を向けてくる伯爵は、次にこう言葉を続けた。

「今日は様子見のつもりではあったが、ベレト君にならエレナを任せられる。いや、我は君にエレナを任せたいと思えたほどだ」

「ッ」

『公認』するような言葉に驚くベレト。

「簡単に決めすぎだと思うだろうが、最近のエレナはやけにご機嫌でな。君の話を促せば、笑顔ですぐに乗ってくるのだ。……この様子を見るに、娘は満更でもないのだろう。なにがとは言わんが」

その時の状況を思い返したように独り笑みを作った伯爵は——。

「——だが、安心してよい。我から娘を押しつけるような真似《まね》はしない。あくまで個人的な気持ちを伝えたまでだ」

一貫した態度で、言葉は続く。

「もちろんエレナのことは応援しているが、ここから先は我々のような大人が入るべきところではなく、個人で頑張るべきところであろう？　それに不公平なことは嫌いでな」

「不公平……ですか？」

関連がないことに首を傾《かし》げるが、それはベレトが繋《つな》げられないだけ。

「忘れたとは言わせんぞ。先日、娘以外の女《おなご》とデートしていただろう？」

「あっ、そ、それはその……。確かにデートではありましたが、ご想像されているようなことではなく……」

「ほう？　あれだけの雰囲気を作っておいて恋仲ではない、と？」

「え、えっと……はい」

疑いの言葉を投げられるが、事実である。頷《うなず》いて答えれば、笑われるのだ。

「フハハ。まあ、我の誤解ならば嬉しくはあるがな」

意味深長なセリフを残して。

「……さて、ベレト君」

そして、改めて名を呼ばれるベレト。ここで空気が変わった。

「我から一つ、頼みごとがあるのだがよいだろうか」

「それは難しいことですかね？」

「なに、難しいものではない。これからもエレナやアランのことを気にかけてやってほしいのだ。当然、このお礼はさせてもらう」

キッパリと言い切って胸ポケットに手を入れた伯爵は、ルクレール家の紋章が入った銅板をテーブルに置き、説明を続けた。

「これは我らが経営する店を自由に利用できる資格のようなものだ。もちろん回数に制限もなく、特別席へ案内される。休憩場所に利用するなり好きに使うとよい」

「……」

「どうだろうか。君にとっても悪い条件ではないと思うのだが」

銅板をさらに前に押し出す伯爵は、完全に受け取らせて約束を交わすつもりだろう。

実際、ベレトにとっては普段と変わらず接するだけでもらえるもの。

言われた通り、悪い提案ではないが――。

「ありがとうございます。ですが、申し訳ありません」

頭を下げ、ベレトは銅板を戻すことで拒否を示す。

「なぜ断る？」

「生意気を言いますが、必要のないお礼だからです。自分はこれからも好きで関わるつもりですから、受け取れません」

「ふ……。ハッハッハ！　そうかそうか。つまらん真似をしてすまなかった」

「とんでもないです」

「まさかそのような返しをされるとは……。我が娘は本当によき男を見つけたものよ」

「あ、あはは……」

返事のしづらい言葉に、今日何度目かの苦笑い。

その後は簡単な雑談を交わすこと数十分。

伯爵の仕事の都合により、会談は終わりを迎えることになる。

「今日は本当によき時間だった。感謝する」

「いえ、こちらこそ楽しく過ごすことができました。本当にありがとうございました」

互いに立ち上がり、握手をしながら別れの言葉を交わす。

「ベレト君はこれからエレナの部屋で過ごすのだろう？」

「はい。その予定になっております」

「そうかそうか。変なことをするのならば、きちんと責任を取るように頼むぞ？　フハハハ」

「あ、あの。普通は止めるように注意するところでは……」

「君にエレナを任せたいと伝えたばかりだろう？」

ニンマリとした顔を向けられながら、肩を叩《たた》かれるベレトだった。


「お疲れさま。会談は終わったようね」

「うん。最初は緊張してばかりだったんだけど、本当に楽しく過ごせたよ」

その後のこと。

白を基調とした清潔感のあるエレナの自室に入ったベレトは、出迎えてくれた彼女に笑顔を向けていた。

「そう言えばありがとね、エレナ」

「それはなにに対してのお礼？」

「紅茶を淹《い》れてくれたこと。凄《すご》く美味《おい》しかったよ」

「……あ、あっそ」

立ち上がって出迎えてくれた彼女だったが、褒めた途端に背中を向け、そそくさとソファーに腰を下ろした。

そんな姿を見て一言。

「出た、その素っ気ない反応」

「当たり前でしょ。いきなり褒めてくるのが悪いんじゃない」

悪いことはなにもしていない。

ただ素直になれないエレナはわかりやすい照れ隠しをしている。

「……と、とりあえずあなたも座りなさいよ。二人きりなんだからゆっくりできるでしょ？」

「それじゃあ遠慮なく」

ベレトは彼女の隣に腰を下ろし、背もたれにゆっくりと体を預けた。

そのタイミングを見計らったようにエレナは話しかけてくる。

「ねえ」

「ん？」

「あなたから見て、あたしのお父様はどのような印象だった？　一人の娘として気になるわ」

「印象かぁ……」

『最初から聞くことを決めていた』と伝わってくるような真剣な眼差《まなざ》しを向けてくる。

「上手に例えることはできないんだけど、って、俺なんかがこんな言い方をしたら無礼かもだけど、『この人にならついていきたい』って思えるような方だったよ。エレナが尊敬するのも納得だし、今の地位を築けているのも当然っていうか……一人の人間としてまだ敵《かな》わないなって思ったよ」

　上手にまとめることができないのは、お世辞をいう必要もないほどに多くのことを感じたから。

「ふふ……。少し褒めすぎじゃないかしら」

「そう？」

「まあ、あなたらしいと言えばらしいけどね。そうやって素直に褒めてくれるところ。周りによくいるでしょ？『でも自分ならもっと～』なんてアピールする人」

「そんな同意を求められても困るんだけど……。俺はエレナほど声をかけられる人間じゃないんだから」

「あなたの自虐にもやっと慣れてきたわ」

「それはちょっと寂しいかも。って、そのアピールは仕方ないんじゃない？　エレナの場合は特に」

「あたしの場合……？」

「だって、エレナの気を引くために必死にアピールしてる証拠だと思うし。男って基本はそんなもんだよ」

「ふーん？」

途端、彼女の目つきが変わる。紫の目を細めて口を尖《とが》らせるのだ。

「その理論だと、あなたはあたしの気を引きたくないって言っているようなものじゃないの」

「そこは性格の問題」

「よく回る口だこと」

ツンとした態度で言い捨てると、エレナはソファーの上に足を置き、両膝を抱えながら視線を送ってくる。

膝で顔の下半分を隠しながら聞いてくるのだ。

「でも……あたしの気を引きたくないのは、あながち間違っていないんじゃない？」

「な、なんで？」

「あのお話を流していたじゃない。お、お父様との会談の……後半の部分……。も、もしあたしのことが気になっているのなら、あのような受け身な態度を取らないでしょ？」

言いにくそうにしながらも、しっかりと言葉を繋げて訴えるエレナは、どこか不満そうに頬を膨らませる。

「え？　ちょっと待って。会談の内容聞いてたの？」

「ぐ、偶然聞こえただけよ。そんな失礼なことするわけないじゃない」

「……」

とても偶然とは思えないほど、慌てて視線を動かしているエレナではある。

「だ、だからいろいろとわかったわ。あなたは彼女が気になっているんだって」

「彼女って……」

「男爵家のルーナ嬢よ」

ボソリと声に出したエレナは、ここでスイッチが入ったように情報を並べるのだ。

「あたし知っているんだから。学園のお昼休み、あなたが彼女と会っていること。そのお時間なら利用者も少ないでしょうし、二人でゆっくり話せるものね。彼女は可愛《かわい》らしくて聡明《そうめい》だから、頭のよいあなたとは気も合うでしょうし、デートをした仲だものね」

「ま、まあ……言ってることに違いはないけど、そんな関係じゃないよ？　ルーナの名誉のためにもしっかり否定させてもらうけど」

ただ、この誤解を受けてしまうのは仕方がないだろう。

ベレトは暇さえあれば昼休みに図書室に足を運んでいるのだから。

気を休める場所がソコしかないという理由で。

「ふーん……。仮にそうだとすれば、ますますわからないわよ。どうしてお父様のお話に乗らなかったのかって。……べ、別に乗ってほしかったなんて思ってたわけじゃないけど、あそこで押してくれたら進んでいたでしょ?」

両手の指をもじもじ動かしながら追及するエレナを見て、ベレトは率直な意見を伝える。

「言っておくけど、エレナのことが嫌いなわけじゃないよ? 本当に」

「……」

「ただ、大前提としてあんな話は軽々しく返事できないから。その人の人生を預かるって言っても過言じゃない内容だし」

「……で、なによ」

「え、えっと……」

『あなたのことだからそれ以外にもあるんでしょ』なんて問いかけにたじろぐベレト。

普段以上の鋭さを見せているエレナである。

「それは言わないとダメ……?」

「その恥ずかしさくらい我慢しなさいよ。あたしなんかいろいろお父様にバラされているんだから」

「そ、それを言われたら……まあ、確かに」

会談を盗み聞きしていたからこそ言えるセリフであり、エレナの気持ちになってみればそう思う部分もある。

「納得したのなら、あのお話を流した理由教えなさいよ……。モヤモヤするから」

「いや、そう思う必要はないよ本当に。エレナのことは好ましく思ってるから、返事をしなかったんだし」

「え？」

意味がわからない、というような顔。

「なんていうか……。いつもは態度に出さないけど……俺、エレナには本当に感謝してるんだよ」

「……」

「ほら、俺って悪い噂《うわさ》があるでしょ？　その内容も酷《ひど》いものだから関わりたくないって思うのが当たり前なのに、エレナは周りと態度を変えずに接してくれてさ。エレナがいなかったら、今の学園生活がどうなっているかくらいわかるから」

教室での居場所があるのは、彼女のおかげ。それは間違いない。

もしエレナがクラスメイトじゃなかったら——なんて想像はしたくない。

「そんな優しい人には、やっぱり幸せに過ごしてほしいから、なおさら軽々しく返事ができなかったんだよ。そもそもエレナは俺のこと好きなわけじゃないでしょ？　異性として」

「っ」

図星を突かれた驚きか。

誤解されているからこその驚きか。

それは彼女にしかわからないこと。

「だって『政略結婚が嫌』だから俺で妥協するって感じだし。あ、もちろんそれを責めてるわけじゃないよ？　最悪のことを考えたらその方がいいって判断はわかるから」

「……」

「でもさ、そのスタンスってエレナに好きな人ができた時に取り返しがつかなくなるでしょ？　さっきも言ったけど、エレナには幸せになってほしいから、好きな人と婚約できないような原因を作りたくないから」

それが一番の気持ち。気軽に返事しなかった一番の理由。

「まあ、妥協をされるのは男のプライド的にもあるからさ？　俺のことを好きになってくれた人と付き合いたいっていうか」

「……あなたってやっぱり変よね、考え方が。普通なら女の子を別の貴族に取られないように次々と声をかけるものでしょ？　相手の気持ちなんか二の次よ。男性は何人もの女性を妾《めかけ》にすることができるのだから」

「ま、まあね」

求婚や声かけが当たり前に行われる世界だからこそ、取られないように先手を打つ。

その結果がエレナの言う『相手の気持ちは二の次』ということだろう。

「でも実際はあなたの考えの方が確かに上手なお付き合いができそうね。身も心も大切にしてくれそうっていうか」

「付き合ってから好きになるって形ももちろんあるから、ここは賛否両論だろうけどね」

「ん」

そんな一言の返事には、『縁談の話を流した理由に納得した』との意味も込められていたがベレトは知る由《よし》もない。

「ふふっ」

「え？　なにいきなり笑って」

「……どうしてあなたが周りと比べて素敵に見えるのか、やっとわかったから。もちろん教えないけど」

「なんだそれ」

頬を赤く染めながら、どこか満足そうに微笑《ほほえ》むエレナは意味深に言う。

「ねえ、あなたは勘違いしてるわよ。たくさん」

「エレナのことについてってこと？」

「ええ。まずあたし、あなたが言うような優しい人じゃないもの。あなたが気づいていないだけで態度を変えていたわ」

「嘘《うそ》だぁ」

「そもそも、あなたのことなんか大嫌いだったもの」

「……へ？　そんな風に思ってたの⁉」

ハッキリと、気持ちよく言い切ったエレナに思わず呆気《あっけ》に取られてしまう。

「い、今は……アレだけど。って、あたしが嫌うのは当然じゃない」

『大嫌いだった』宣言に目を大きくするベレトとは対照的に、膝を両腕で抱えたまま紫の目を険しく細めるエレナ。

「あなたってばシアの扱いが特に厳しかったもの。友達に対してそんなことをするような人を好きになれるわけがないじゃない」

「あ、ああ……。ごめん。その通りだね、本当……」

転生した当初のことを思い返す。当時のシアは朝の挨拶を返しただけで驚くほどだったのだ。扱いの酷さは想像する通り。

中身が入れ替わっていることで理不尽な嫌われ方をされているが、これぱかりは責任を取っていくしかないこと。

「……でも、その指導のおかげで優秀なシアになったとも捉えられるし、今は優しくしているようだから気にしていないわ。あなたを見れば心を鬼にしていたことはわかるもの」

「そのフォローは嬉《うれ》しいけど、改めてシアに謝ろうって思ったよ」

「責めてしまったあたしが言うのもなんだけど、許してもらえているんだから、もう謝らなくていいんじゃない？　過去のことを思い出させるのは少し可哀想《かわいそう》よ」

「ああ、俺だけスッキリする結果になりかねないか……」

「ええ。シア的にもご主人に謝らせるようなことはしたくないでしょうしね」

第三者の貴重な意見を聞けたことで、自身の視野も広がった。

これぱかりは改めて謝ることが必ずしも正しいとは言えなかった。

ベレトは『ありがとう』と伝え、表情を柔らかくさせる。

「それにしてもあなたはちゃんと謝れたのね、シアに」

「当たり前でしょ？　悪いことをしたら謝るのは」

「そこで嫌味を言ってくるのね」

「い、嫌味？」

心当たりのないワードを投げられ、声のトーンが上がってしまう。

「なんとなくわかってるでしょ？　今回、あたしがこの部屋に呼んだ理由……。まだ謝れていないからだって」

「この流れ的だと……俺に対して？」

「そ、そうよ……」

口を尖《とが》らせながら、ツンとした態度で頷《うなず》く彼女。

「いや、ごめんだけど意味がわからないよ。エレナはなにも悪いことしてないでしょ？　しかも俺に対してって。……あ、もしかして淹《い》れてくれた紅茶になにか入れたりした⁉」

「っ、そんなことしてないわよ！　真面目に淹れたんだから……！」

「そのくらいしか思いつかないんだって」

「……」

疑っているように睨《にら》んでくるエレナだが、とぼけていないと察したのだろう。

「一番謝りにくいじゃない。この雰囲気……」

小さな声で不満を吐き出し、落ち着きがなくなり、最後には足の指を動かしながら横目で見てくる。

「一度しか……言うつもりはないから」

「じゃあ聞き逃さないようにする」

彼女の性格からわかるのだ。

『一度しか言うつもりはない』は、『一度しか言えない』の言い換えであることに。

それだけ勇気を振り絞るようなことなのだろう。

「……」

「……」

少しの間を空けて彼女は、ようやく口を動かしたのだ。

「あ、あなたの気分を悪くさせてしまったこと……よ」

「うーん？」

心当たりがない。

「も、もう……。あなたに対して調子のいいことばかりしてるじゃない。あたしって……。現金な女、みたいな」

「うーーん？」

眉間にシワを寄せ、疑問符を頭上に浮かべるのは仕方のないこと。

本当に心当たりがないのだから。

「あのねぇ、なんでそんなに鈍いのよ。怒らせたいのなら今すぐにでも怒るわよ」

「そもそも謝られる理由に心当たりがないんだって。もっとわかりやすく教えてくれる?」

「はあ……。言葉に並べると酷いんだもの……。あなたが悪い人じゃないって誤解が解けた瞬間、態度を変えて、擦り寄って、たくさんのことを頼って……」

心の底から吐き出すような声色。

「こんなの不快に決まっているわ。あたしだったらそうだもの……。だからずっと謝りたかったの……」

そこにツンとしたエレナはいなかった。本当に反省しているように眉根を下げて、

「今までごめんなさい」と頭を下げてきた。

「……」

「……」

無言の間。

そんな彼女を見て、ベレトは微笑みながら軽い口調で答えるのだ。

「エレナは真面目だなぁ。考えすぎだよそれは。過去、俺がシアに厳しかったのは周知の事実だし、周りへの態度も今と同じだったとは言えないし……。そんなわけだから、態度を変えない方がおかしいと思うよ。特にエレナはシアの友達なわけだし」

「……」

「悪く見られて当然の俺だから、こうして向かい合ってくれただけで嬉しいよ。謝ることはなにもないよ」

　こうした機会を使って謝ろうとしたのは、それほど抱え込んでいた証拠だろう。

　彼女らしい真面目さが窺《うかが》える。

「謝っているのだから変に庇《かば》わないでよ……。罪悪感でいっぱいになるじゃない」

「庇ってるつもりはないけど、そう言われるともっと庇いたくなるなぁ」

「そんな変なことをするのなら、もう謝ってあげないわよ。絶対に」

「はいはい。そもそも謝ることなんてないんだから、エレナは」

「あなたのその言葉選び、大っ嫌い……。その優しさも嫌いよ」

「はは、優しい以前に当たり前のこと言ってるだけ」

「少しは学びなさいよ。また変な言葉を選んで……」

「変な言葉も選んでないって」

「ふんっ」

　不機嫌そうに鼻を鳴らすエレナだが、これで重たい話も決着である。

　謝罪の空気が少しずつ薄れていけば、学園の話から日常の話、雑談へと移り変わっていく。

数十分もやり取りを続ければ、楽しげな二人の空間が作られていた。

「……ねえ、ベレト」

膝から下を左右に開いてぺたん座りに変えたエレナは、両手を太ももに挟みながら、上目遣いで促してくる。

「少しお話を戻すのだけど、あなたの考えは変ってやり取りをしたでしょ……？　ほ、ほら、好きになってくれた人と付き合いたいって」

「え、そこ掘り返すの……？」

普段通りのツンとしたエレナならまだしも、この話題なだけに奥ゆかしくなっている彼女とこの話をするのはなんともむず痒《がゆ》い。

「別にからかうつもりはないわよ。ただ、そんな変な考えをしているから気になる……のよ」

チラッと横目に見て視線を逸《そ》らすエレナは、赤の髪を人差し指で巻きながら、小声で言うのだ。

「あ、あなたは……将来的に一人しか娶《めと》らないつもりなの？　好きになってくれる人が複数いた場合とかどうなのよ」

「それに関してはなんとも言えないかな……」

「別に隠すことじゃないでしょ？」

「別に隠すつもりは全くなくて、想像が全然できなくてさ。奥さんを全員幸せにする自信もまだないっていうか……」

複数の妾《めかけ》を持つことができる制度を否定するつもりはないが、前世にはなかった制度なのだ。

素直に飲み込めるものではなかった。

「はあ……。変なところで考えが固いんだから」

「その人の人生を預かるわけだから、考えも固くなっちゃうよ」

「それを理解した上で言っているわよ。前者に関してはなんとも言えないけど、幸せにできるかは考えなくていいでしょ」

「なんで？」

「だ、だって、あなたのことを好いているのなら、あなたの隣にいられるだけで幸せって思うものじゃないの……？　違う？」

恥ずかしそうに頬を赤らめるエレナは、コテリと首を傾《かし》げながらおずおずと聞いてくる。

「まあ……」

「それを認めたってことは、多妻も考えているって捉えるわよ？」

「う、うん。その捉え方で一応は大丈夫だけど……」

「ちなみに、あなたにとっての最低条件とかあるのかしら？　こんな性格の女性がいい、みたいな……」

話の流れが自然と変わっていく。まるで、エレナの父親が縁談の話に移した時のように。

「えっと、俺自身まだ考えている途中だから詳しいことは言えないけど、シアと仲良くできる人がいいなって思ってる」

「シ、シアと……？　それがあなたの最低条件なの？」

「うん。って言うのも、シアが学園を卒業してからもうちで預かろうと思ってて。本人にはまだ伝えていないけど」

「……ま、待って！　待ってちょうだい。その『預かる』ってどっちの意味なの？　家？　それとも……あなたが責任を持って？」

「これ以上は言えないよ。正式に決まったわけじゃないから」

「それってあなたが預かるって言っているようなものじゃない」

「ま、まあそうかも」

内容が内容。どうにか笑顔を取り繕うが、自然な表情ではない。

「でも、でもさ、本当にあやふやな話だよ。卒業はまだまだ先だし、その間にシアの気持ちが変わることだってあるだろうし。一番はシアの気持ちを尊重しようって思ってるから」

「そもそもどうしてそんなお話になっているのよ。鈍感なあなたが」

「なんか失礼なことを言われた気がするけど……ちょっと前に将来のことを話し合ってね。シアの成績は王宮への推薦状が出されるレベルだから、その件で」

「それで？」

食い気味に、それでいてどこか焦《あせ》ったようなエレナ。

「ま、まあ……気持ちを伝えてもらった？　みたいな。最初は侍女として気を遣ってるとか、使命感に駆られて『引き続き仕えたい』って言ってると思ってたんだけど、ルーナの意見を聞いて、それとはまた違うかもって。まだ本人に確認を取ったわけじゃないから、勘違いかもだけど」

「ルーナ嬢の意見を聞いて……？」

「少しばかり相談させてもらってさ。最初はエレナに相談しようと思ったんだけど、二人は親しい仲だから、相談する上で恥ずかしさがあったりで頼れなくて」

エレナとシアは親しい間柄だからこそ、相談した内容が伝わる可能性がある。

伝えるにしても悪いことにならないように立ち回るエレナだろうが、バレてしまのは羞恥に悶《もだ》えてしまうくらいのもの。

「ふーん。でも一応は納得したわ。シアは頑張ったのね。いろいろと」

「驚かないんだ？」

「当たり前でしょ。あなたのことを自慢して、誇らしげにしている時点でわかるわよ。そんなところに気づけないから『鈍感』って言われるのよ」

「いや、視野が狭くなるのは仕方ないって。照れ臭い話なんだから……」

「照れ臭くても普通は気づくわよ」

呆《あき》れながらも綺麗《きれい》な目を細めて口角を上げるエレナは、このタイミングでソファーから立ち上がった。

「ベレト、このお時間だから少し小腹が空《す》いたんじゃない？　紅茶も一緒に用意するわよ」

「そんなに気を遣わなくて大丈夫だよ」

「なにを言っているのよ。あなたは招かれた側なんだから甘えなさい。いいわね」

「あはは。それじゃあお願いします」

「最初からそう言えばいいのよ」

そのやり取りをして出入り口に向かっていくエレナは、すれ違いざまにベレトの手の甲を人差し指で突《つつ》いた。

「え？」

なんて声を出した時、エレナはもうドアノブに手をかけるところ。

ドアを開けた彼女は——そこで動きを止め、振り返る。

「……ね」

「ん？」

「…………あなたの鈍感はいつ治る予定なのかしら」

「へ？」

「ご、ごめんなさい。やっぱり今の言葉は忘れてちょうだい」

この言葉を残して廊下に出た彼女の耳は、赤の髪色に負けないほどの色に染まっていた。

そして去り際《ぎわ》のその言葉は、ベレトを深く考えさせるもの。

椅子に座って頭を働かせること十分と少し。

配膳用の台車を押して再び自室に戻るエレナに、当たり前のことを聞く。

「あのさ、さっきエレナが言ったことだけど——」

「——っ、そんなことよりも小腹を満たしましょう。せっかく用意したんだから」

「う、うん。ありがとう」

台車から紅茶をテーブルに置き、次に洋菓子を置き、間食の準備をテキパキとこなすエレナの頬は赤くなっている。

先ほどの件を聞き返されないようにするためか、主導権を渡さないように言葉を紡《つむ》ぐのだ。

「あとこれ……あなたの持ち帰り用のチョコよ。今のうちに渡しておくわ」

「あっ、あの約束覚えていてくれたんだ？」

この約束を交わしたのは、会談の手紙が渡された時のこと。

「シアが美味《おい》しく食べてくれたのだから当然よ。忘れるはずないじゃない」

「な、なにそのシアがメインで俺はサブみたいな言い方」

「あなたよりシアの方が好きだもの」

「酷《ひど》いこと言うなぁ……」

「酷いことを言わせるあなたが悪いのよ」

いつものようにトゲトゲとした態度のエレナだが、チョコが入った箱を両手で渡してくれる。

態度とは一変した丁寧な手渡しに思わず笑ってしまう。

「……そ、そんなわけだからちゃんとあの子に渡してちょうだいよ。前にも言ったと思うけど、独り占めはせずに」

「もちろん。本当にありがとね」

「別にお礼を言われることじゃないわよ」

なんて続けざまに素っ気ない言葉を返すエレナは、そわそわしながら再度口を開くのだ。

「あと、あなたに渡すものがもう一つあるわ」

「ん？」

「『またか』って思うかもしれないけど……」

そして、台車の中段に手を伸ばしたかと思えば、封蝋《ふうろう》された手紙を差し出してくるのだ。

ベレト自身、この形には見覚えがあるもの。

「この形状って招待状？」

「ええ。本当はお父様が渡す予定だったけど、あたしもあなたとお話しする予定だったから、こうしてお預かりしたのよ」

「それで、この招待状の内容って？」

「再来週、当家で行われる晩餐会《ばんさん》への招待状よ」

「晩餐会!?　えっと、さすがに場違いじゃない？　ご招待してもらってこんなことを言うのは本当に失礼だけど」

「場違いって？」

整った眉を眉間に寄せて首を傾げるエレナに説明する。

「ほら、この封蝋を見るにルクレール伯爵家主催の晩餐会だから、ご参加される方って商業に関わっている方々でしょ？　そんなところに学生の俺なんかが……みたいな」

「ふふ、その点については大丈夫よ。あなたの言う通り当家と関わりのある方が参加されるけど、ご家族で参加することができて、大人と子どもで分かれるような形だから」

「あー、それなら参加しやすいよ」

一人だけ年齢差が生じるような晩餐会になると予想していた分、この説明一つで肩身が狭いなんて思いがなくなる。

「それに、これを聞いたらあなたは参加したくなるはずよ」

「お？」

「再来週の晩餐会、あの麗しの歌姫も参加されるの」

ソファーに腰を下ろし、嬉《うれ》しそうに温かい紅茶を口に含むエレナ。

「麗しの歌姫って……あの、その……公爵家のだっけ？」

ベレトの記憶を探り、なんとか掘り出せば正解した。

「そのアリア様よ。あたし達伯爵家とは繋《つな》がりがあって」

「ほー。自分とは接点はないけど、それまた凄《すご》い人を招待したなぁ……」

レイヴェルワーツ学園に在籍しているアリアだが、彼女と『接点がない』というのは多くの生徒が共通していること。

さらには公爵という家柄に、群を抜く歌唱力と目を奪われる容姿から『麗しの歌姫』と名が通っているほどで、数多くのパーティや披露宴に引っ張り凧《だこ》のご令嬢である。

その多忙さから、学習は自宅で行い、テストのみを学園で受けるという形が取られている特例生の一人である。

「ちなみにその晩餐会でアリア様がお歌いになるのよ。興味あるでしょ？」

「もちろん興味はあるけど、それが決め手にはならないみたいな……」

「なっ……。そんな贅沢《ぜいたく》を言わないでちょうだいよ。あたしはあなたも参加するって思ったから、楽しみにしていたのに……」

先ほどまでの元気はどこにいったのか、しょぼんとするように肩を落とすエレナは、恨めしそうな目を向けてくる。ピンク色の口を尖《とが》らせてくる。

「エレナは参加するの？　顔を出すだけじゃなくて、会場にずっといるみたいな」

「だったらなんなのよ」

「それなら是非参加させてほしいよ。俺の決め手はエレナが参加するかどうかだったから」

「はあ？」

決して晩餐会が嫌なわけではない。晩餐会に参加し、その空間で一人ぼっちになってしまうことが嫌なのだ。

「それならそうと先に言いなさいよ！　恥ずかしいこと……言っちゃったじゃない」

「あはは、そのお陰で嬉しい言葉が聞けましたと」

「ふんっ、なによ調子に乗っちゃって。バカ」

羞恥を誤魔化すように腕を組んで強い態度を見せているが、強がっているのはバレバレである。

「すみませんでした」

なんて笑いながら謝ったのがいけなかった。

「謝罪の気持ちが込められていないんだから許すわけないでしょ。意地悪をした罰はしっかり取ってもらうから」

「へ？」

表情。声色。雰囲気。全てが本気だった。

「今から二つのことを聞くわ。あなたはそれに答えてちょうだい。いいわね」

「そのくらいなら、罰にしなくても答えるけど……」

なんて言いつつも、圧に負けるベレトである。

「まず一つ目。これは最初から聞くつもりだったけど、ルーナ嬢がアランに協力してくれるってお話は事実？　当家に着いた時、あなたがそう言っていたわよね？」

「事実だよ。元よりアラン君が悩んでいることに気づいて先に手を差し伸べようとしたのはルーナなんだから」

「そ、そうだったの⁉」

「うん。タイミングの兼ね合いで俺が先取りするような形になっちゃったけど、エレナと同じようにルーナも優しいんだよ」

「っ」

その褒め方は、エレナの心を嬉しく揺れ動かすもの。

仮にルーナだけ褒めていれば、嫉妬心が膨らんでいただろう。

「と、とりあえず諸々《もろもろ》理解したわ。それならなおさら彼女にも招待状を送らなければいけないわね」

「ルーナに招待状を……？」

「あなたの言いたいことはわかるわ。『参加しないと思う』でしょ？」

「はは……。余計なお世話だから言わなかったけど、今までのお誘いを断っているって聞くし、そこら辺の話はエレナの方が詳しいと思うし」

「もう……。これだからあなたは……」

心底呆《あき》れた声を上げ、自信満々に言う。

「再来週の晩餐会にルーナ嬢の大好きなものがあるとしたら？」

「まあ、俺がルーナの立場なら参加したくはなるけど、自分の時間を誰よりも大事にしているルーナに当てはめるようなことはできなくない？」

「その大好きなものは一つしかなくて、第三者に狙われていて、この機会に大好きなものを奪おうとしているの。そんな状況なら？」

「あー。それなら参加する可能性が高いかも」

「でしょ？　つまりそういうことよ」

「……」

この説明で理屈は納得したベレトだが、スカッとはしないもの。

「あのさ、『ルーナの大好きなもの』ってそう簡単に用意できるものなの？　今まで誰も用意できなかったから、断られる結果に繋がっているような」

「〝もう用意できた〟わよ。今までお断りしていたのは、読書以外に興味を惹《ひ》かれるものがなかったからでしょうし」

「へえ……。エレナは凄いね。もう用意を調えてるなんて。俺にはピンとこないよ。読書以外ってことは本以外でルーナの大好きなものでしょ？」

おでこに手を当てながら真剣に考える。

『もう用意できた』の違和感と、『大好きなもの』が人と捉えられないのなら、この問題に答えは出ないだろう。

「うーん。エレナ、ヒントとか出せる？」

「はあ……」

真剣に悩む姿を見て、挙句に助け舟を請おうとするベレトを見て、エレナのスイッチはオンになる。

大きなため息を吐《つ》いたエレナはソファーから立ち上がり、ベレトが座る椅子の正面に立つ。

そして、上からの目線に変えて心の丈《たけ》をぶつけるのだ。

「あのねえ……。一遍《いっぺん》地獄に落ちてきなさいよ。あ・な・た・は！」

「えっ、ぢょ⁉」

ベルトの頬を両手で摘《つま》んだエレナは、力いっぱい横に引っ張るのだ。

「覚悟なさい！」

「な、なんでえ……」

エレナに芽生えるのは、ルーナに代わってお仕置きを、というもの。

似た者同士だと思っているからこそ、代弁したくなる。徹底的になんて思考になる。

「い、痛いって！」

「痛くしてるのよ」

エレナに遠慮はない。

今の気持ちに身を任せるようにベルトの太ももにお尻を下ろし、マウントポジションのような有利な体位を取ると、足首を使って足を絡《から》めるのだ。

体勢を安定させる今、この間もずっと頬を引っ張ったまま。

「ぢょ!? ごの体勢《だいぜい》はヤバいがら……」

「ふんっ！　少しは苦しい思いをしなさい」

エレナはまだ気づかない。

「ほ、本当にヤバい……」

「なにがヤバいのよ」

「体勢《だいぜい》だって言ってるでじょ」

顔を横に引っ張られてしまっているからこそ、上手に発音できない。が、言いたいことは伝わったようだ。

「体勢？」

「うん……」

「体勢って別になにも……なにも……なにも……」

反復の声を上げれば上げるだけ声が小さくなっていく。

今の体勢の意味にやっと気づいたのだろう。今日一番でボンッと顔を真っ赤に爆発させ、あわあわしながらとりあえずベレトの目を両手で隠そうとするエレナだった。


ベレトの膝にエレナが乗るという事件から一時間と三十分が過ぎた頃。

「もう一度釘《くぎ》を刺しておくけど、あ、あのこと……あんなことをしたことバラしたりしたら絶対に許さないから」

「わかってるって。どうしてあんなことをしたのかわからないけど」

「鈍いことしか言わないから、って説明したじゃない」

ルクレール家が所有する馬車に乗り込んだベレトは、付き添いのエレナと共に自宅に向かっていた。

「って、このままだと押し問答になってしまうから、ベレトが六割くらい悪いってことにしてちょうだい。わかったわね」

「……はい」

なんとも言えない強引な強制終了である。このような性格を持つエレナであるからこそ、口喧嘩《くちげんか》をしたとしても、長引くことはないだろう。

「あ、そういえばまだエレナに言ってなかった！」

「なによ」

「今日は本当にありがとうね。間食を用意してくれたり、行きだけじゃなくて帰りも付き添ってもらったりして」

「あなたのそのたくさんお礼を言う癖ってどうにかならないの？　招かれた側なんだから、堂々としていなさいよ。立場だってあなたの方が上なのだから」

紫の瞳をジトリと変えて、整った眉を片側だけ器用に上げるエレナ。

彼女は招待した側の人間。相手をもてなすのは当たり前のこと。そんな当たり前のことに感謝をして頭を下げる貴族《ベレト》は、やはり特殊な部類に入るだろう。

「なんかその『変なヤツ』みたいな目で見ないでもらえると嬉《うれ》しいんだけど……」

「それは無理な話よ。あなたは変だもの」

「あ、あはは……」

シンプルなカウンターを食《く》らってしまう。

「お礼を言い過ぎるなとは言わないけど、言い過ぎるのは考えものなのよ？　重みのないお礼だと捉えられてしまうことがあるから」

「あー、そんな問題もあるのか……」

『やたらと謝る人』の印象がつけば、謝罪の気持ちが薄いように捉えられる。これに似た現象だろうか。

「じゃあそう思われないような人間にならないとなぁ」

「変えるのが一番だと思うのだけど」

「こればかりは変えようにも変えられないっていうか。だから誤解されないように努めるよ」

「ふふっ、現状で周りから誤解されている人とは思えないセリフね」

「まあまあ……」

頑固に貫き通すベレトと、その姿を呆れたように見つめるエレナ。

「……あなたを好きになるような女性ってとんだ物好きよね、絶対」

「あはは、エレナが言うならそうかもだね」

「笑いごとじゃないわよ……」

この世界でずっと生活している彼女なのだ。ベレトにとってこれほど信憑《しんぴょう》性のある言葉はない。

話に区切りがついた矢先。

「……」

「…………」

「………………」

長い静寂が訪れる。

この静かな空気を破ったのはエレナだった。

「ね、今からあなたの隣に座ってもいいかしら……」

「隣？」

現在、対面して座りながら話している二人。不便のない状況をあえて変えようとするような言葉である。

「もしかしてなにか変なこと企《たくら》んでたりする？」

「本当に失礼なことを言うわよね……。別になにもしないわよ。ただその方が都合いいってだけよ」

「そう？　それなら大丈夫だよ。全然嫌なわけじゃないし」

「あっそ。ならそうさせてもらうわ」

素っ気ない返事をして立ち上がったエレナは、香水の匂いを漂わせながらベレトの隣に座り直す。

今日、この構図になるのは二回目。一度目は行きの時である。

「それでどうしたの。なんの理由もなくこんなことを言うエレナじゃないでしょ？」

「そんなことも……ないわよ」

「そうなの？」

「こ、今回は理由があるけど……」

「ほらやっぱり」

少し体勢を変え、エレナの綺麗《きれい》な横顔を見ながら会話を続けるベレト。

「まだあなたに聞けてなかったでしょ？　意地悪をしてきた罰に『二つのことを答えてもらう』って約束した、二つ目のこと」

「あっ、確かに……」

あのハプニングがあったせいでずっと飛ばされていたのだ。最後のことを。

エレナが改めて促した理由は一つ。この二つ目こそ、本題だったのだ。

「あの、再来週に開かれる晩餐会《ばんさん》……あなたも参加するのよね」

「うん。その予定だよ」

「な、なら率直に言わせてもらうわ……」

その真《ま》っ直《す》ぐな言葉とは裏腹に、チラチラと横目に見る彼女は、顔を火照《ほて》らせながら伝えるのだ。

「あ、あのね？　晩餐会の途中……あたしと一緒に抜け出すお時間を作ってほしいの」

「へ……？」

目が合った瞬間、そっぽを向く彼女を見て頭が真っ白になる。

夜会を抜け出す。その理由の多くは、二人きりでしっぽりするため。

「いや、ちょっと待って。それはまた大胆な……。え、なんでそんなことになったの？」

「っ、そ、その反応……。あなた変なこと考えているでしょ！」

「た、確かにおかしいとは思ったけど……」

「バカ。あたしは主催側の人間なのよ。そ、そんな明け方まで抜け出せるわけがないじゃないの……！」

話題が話題である。

エレナはゆでダコのような色に変えながら足りなかった部分の説明を加えるのだ。

「抜け出すといっても軽く外を回る程度に決まっているでしょ！　本当、なんてこと考えてるのよ、あなたは……」

「ご、ごめんって。全部理解したよ」

あからさまに動揺しているエレナを見て恥ずかしさが伝染してしまう。苦笑いで平常心を偽るしかないベレトである。

「理解したなら、どうなのよ。一緒に抜け出してくれるの？　約束通りちゃんと答えなさいよ……。これが二つ目の約束なんだから」

裾を摑《つか》んで催促するエレナ。

圧をかけようとしているのだろうが、ボソリとした小声で相反している。

「そんな顔しなくても喜んでつき合うよ？　断る理由もないんだから」

「嘘《うそ》を言ってないでしょうね……。自分の発言には責任を取ってもらうわよ？」

「あはは、そんなに疑うなら約束にする？　破った方は『なんでも言うことを聞く』的な罰をかけて」

「へえ、そんなに攻めた罰でよいのかしら。後悔しても知らないわよ？」

「エレナこそ」

「ならわかったわ。今言ったことは約束よ」

「もちろん」

お互いに破るつもりがないからこそ、この約束はすぐに結ばれる。

そしてこの嬉しい結果に一番の反応を示したのは、他の誰でもないエレナだった。

「はあ……」

そんな深い安堵《あんど》の息を漏らすエレナは、緊張の糸が切れたように全身の力を抜いていく。

彼女は勇気を振り絞って、この約束を交わしたのだ。

平然としているベレトは気づいていないだけ。ただのお誘いで『夜会の抜け出し』になることはないことを。

「あれ、お疲れモード？　エレナは」

「あなたのせいよ。なにもかも」

「お、俺なにか疲れさせるようなことしたかな？」

「したわよ。たくさん」

「う、うーん？」

「そんなに心当たりがないのなら、考えさせる時間を作ってあげる。……その間、あなたの肩で少し休ませてもらうから」

「じゃあお言葉に甘えて。って、え⁉」

　言葉を噛《か》み砕いて内容を理解した瞬間、エレナは有無を言わさず動いていた。

『疲れさせた責任を取れ』と言わんばかりにベレトの肩に頭を預け、細く、柔らかい体を寄りかからせてくるのだ。

「……ち、ちょっと？　この状況で考えろって言われても、考えが全然まとまらないんだけど……」

「別にギブアップしても構わないわよ。その代わり、あなたの家に着くまでずっとこのまだけど」

「な、なんだそれ」

「不満なのかしら」

「不満」

「……本当はそんなこと思ってもないくせに。誰にでも優しいのは褒められることじゃないのよ。こうやってつけ込まれてしまうんだから」

「き、肝に銘じるから無理して実践しなくていい……よ？」

「うるさい」

強い言葉で言い返し、少し冷静になって思う。

とんでもなく恥ずかしいことをしていることに。

羞恥に悶《もだ》えるエレナは、熱のこもる顔を覗《のぞ》き込まれないように長い髪を使って隔てを作るのだった。

＊＊＊

（……はあ。あたしが誰彼構わずこんなことをするわけがないじゃない。そのくらい気づきなさいよ……）

『無理して実践しなくていいよ？』の言葉に対して思うのはこれ。

ギュッとコイツの肩に顔を押しつけたまま、エレナは心の中で不満を呟《つぶや》いていた。

見境なくこんなことをしているなんて思われるのは癪《しゃく》で、嫌なことなのだ。

「なんかごめんね？　疲れさせちゃって」

「もう諦めちゃっていいのかしら。理由もわかっていないのに」

「これで休まるならね。その代わりちゃんと休んでよ？　こっちは緊張に耐えてるんだから」

「ふーん」

「あと変な誤解をされても責任は取れないけど」

「別に気にしないわよ。そんなこと」

「あはは、エレナらしいなぁ……」

（むしろ噂《うわさ》をされたいくらいよ。少しでもライバルを減らしたいもの……）

今まで数多く求婚をされているエレナだが、そんな不安を覗かせてしまうほどベレトの魅力は凄《すさ》まじい。

もちろんお互いの感性が合ってこそだが、彼のように身分を気にせず接する立場の偉い貴族はいないも同然。

貴族らしくない、ということで批判を食《く》らうだろうが、エレナにとって楽しく過ごせる相手はこのような人。

「……あなたの肩、ほんの少しだけ落ち着くわ」

「そ、それはよかった？　でいいのかな」

「……一応釘《くぎ》を刺しておくけど、このことも誰にも言わないでちょうだいよ」

「言わないよ」

（噂を広められるのは構わないけど、あたしがコイツに甘えてたって話を流されるのは恥ずかしいもの……）

この噂が流れたのなら、ルクレール家と敵対したくない貴族はベレトに手を出せなくなることだろう。

願ったり叶《かな》ったりのことだが、羞恥を捨てることはできない。

「だって仮に言いふらしたとしても、『脅してさせやがった』とか思われるし」

「……ふふ、信憑《しんぴょう》性が高くて安心するわ」

「悪い評判ってこんな時は便利なんだよね、はは……」

冗談を言っているようだが、少し悲しそうな乾いた笑いである。

「……あなたのこと誤解していない人間がここにいるんだから、元気出しなさいよね」

「正確に言えば誤解が解けただけどね？」

「よ、余計なこと言うんじゃないわよ……。あなたって一言多い時が本当に多いわよね。意地悪……」

「意地悪なのはお互い様ね。こんなことして疲れさせた理由を考えさせないようにしているところとか」

少しずつ緊張が解けてきた彼なのか、肩に預けた頭にポンと手を置かれる。

——一瞬だけ。

「あ……」

軽はずみなことをしたと思ったのか、『ヤバ……』なんて含みの声がベレトから漏れた。

令嬢の頭に触れるのは、よほどの関係ではない限りご法度《はっと》。

（でも、あなたなら……あたしは別に……）

それが自身の思うこと。

「……ビビって一瞬しか触れないなんてダサいわよね。あなた男でしょ」

「ダサ……!?」

「さ、触るくらいなら……長く触りなさいって言ってるの」

「念のために言っておくけど、頭を撫《な》でようとしたわけじゃなくて……」

「頭に触れた時点で同じことでしょ。ほら、早くしなさいよ。責任を取らないのなら、勝手に触ったってお父様に訴えてもいいのだけど？」

（あたしにこんなことをして、あたしにここまで言わせたんだから、逃したりはしないんだから）

「も、もー……」

『お父様に訴える』これが勝利の決め手だった。

ベレトは頭に手を乗せ、優しく動かし始めた。

「……」

「……」

彼のするコレは、こそばゆく、恥ずかしく、心地よい不思議な感覚……。

でも、要求してよかったと思えるくらいに嬉《うれ》しく思うこと。

「ね、ベレト……」

「う、うん？」

「晩餐《ばんさん》会の日、一緒に抜け出す約束……忘れるんじゃないわよ」

エレナはボソリと伝える。

「その日、あなたに伝えたいことがあるんだから……」

これは人生の中で一番勇気を出したこと。

最後まで言い切ったエレナは、ベレトの肩に顔を押しつけて言う。

「手……止まっているわ」

「あ、ああ。ごめん」

エレナは思っていた。

（こ、こんなことを伝えても、コイツは気づかないんでしょうね……。バカ……）

その言葉にならないモヤモヤは……彼が触れてくれることで少しずつ取り払われる。

(本当、あたしっていつからこんなにコイツに心を許したのかしら……)

頭を撫でられながら、彼に対してだけ甘くなっていることを自覚するエレナだった。

＊＊＊＊

「じゃあまた……学園で会いましょうね。ベレト。今日は楽しかったわ」

「うん、送迎本当にありがとう！　俺も楽しかったよ」

日が暮れる時間帯。

エレナに見送られながら自宅についたベレトは、早速の出迎えを受けていた。

「お帰りなさいませ！　ベレト様っ」

「ただいま、シア。出迎えありがとね」

「いえいえっ、お仕事の一環です！　そ、それに好きでしていますから！」

「ん？」

寂しかったのだろうか、普段は口にしないような珍しい言葉が付け加えられている。

疑問符を浮かべながらシアに視線を送ると、如実《にょじつ》な反応が見える。

彼女はゆっくりと首を右に回し、顔を見られないように動いたのだ。髪と髪の隙間から真っ赤に染まる耳をチラつかせて。

「勢い余っちゃった？」

「そ、そうかもしれません。えへへ……」

気恥ずかしい思いに包まれるが、それ以上に恥ずかしがっている相手がいると幾分冷静になることができる。

「あ、あの……ご会談の方はどうでしたか⁉」

「あはは、楽しく過ごせたよ」

顔を真っ赤にしたまま話題を逸《そ》らそうとするシアに思わず笑いが溢《あふ》れてしまう。

「そ、それはなによりです！」

会談の相手はあのルクレール伯爵である。

心配を積もらせていたことがわかるように、にぱぁと笑顔を向けてくる。

『よかったあ』との表情で伝えてくる。

「ちなみにシアの方はどうだった？　今日も特に問題なし？」

「はい！　本日はベレト様のお部屋を清掃した後、手が空き次第、学園の勉強に着手いたしました」

「ちゃんと休憩は取った？」

「ええと………は、はぃ」

まんまるの目で天井を見上げ、五秒ほど考えた後、明らかに小さい声で返事をされる。

誰がどう見てもわかるだろう、嘘《うそ》をついていることに。

「なるほど。勉強に集中して休憩することすら忘れてたやつか」

「っ⁉」

「休憩はちゃんと取るように言ってるでしょ？　体調を崩す原因になるんだから」

ビクッとした反応を見れば明らかである。

休憩を取らないことで注意する。なかなかにないやり取りだが、シアからしたら仕方のないことだった。

「も、申し訳ありませんっ！　ですが成績を落とすわけには……」

シアは主人であるベレトと大事な話をしたのだ。

『王宮への推薦状をもらったらどうしたい？』との問いに、『お断りをして、引き続きベレト様の侍女としてお仕えさせていただきたいです』と。

この言葉に筋を通すのならば、成績を落とすわけにはいかない。『必ず王宮への推薦状を獲得しなければ……』との思いだったのだ。

「それに私の体は丈夫ですから、まだまだ平気ですっ！」

「その体で丈夫と言われても説得力がありません」

「……ぁ」

ポンとシアの頭のてっぺんに手を乗せ、言う。

「ほら、推定一四〇センチ」

「そ、そんなに小さくないですよ……！」

「あはは、冗談だからちゃんとわかってるよ」

頭に置いた手を退けたベレトは、すぐに提案をする。

「じゃあ今から一緒に休憩する？　エレナからシアへのプレゼントももらってて」

「ベレト様とご一緒でしたら是非‼」

休憩を嫌がるシアが、すぐに呑《の》む条件がこれというのはとても可愛《かわい》らしいもの。

微笑《ほほえ》ましい気持ちに包まれながら、共に移動する。

その休憩先はベレトの自室である。

この時間だからこそ、まだ変な誤解もされることはない。

「はいこれ。エレナからシアにプレゼントだって」

「あの、中身を拝見しても……！」

「もちろん」

椅子に座ってすぐ。プレゼントを渡すと、シアは丁寧に封を開けて箱の中身を覗《のぞ》いた。

「っ！　わ、わあ……‼　こ、こんなにたくさんのチョコレートです……！」

「お、おおー！　それはよかったね！」

中身は教えられてもらっていたが、シアのためにこちらは驚きの演技をする。

「あの、私こんなに食べられませんよ⁉　高級品をこんなに……」

目をキラキラさせたのも束《つか》の間《ま》。我に返ったように首を横に振ったシアは、鋭いことを言ってくる。

「あ、あの、本来はベレト様と私の分でこの量なのでは……？」

「ん？」

『正解』とは言えない。言うつもりもない。

そうだと答えたのなら、大好物を遠慮してしまうことがわかっているのだから。

「いや、違うって。シア一人で食べられる量だよ。エレナもそう言ってたし」

「明後日《あさって》は学園がある日なので、エレナ様にお聞きしてもよろしいですか？」

「……え？　いや、それはなんか、その……アレじゃない？　わざわざ聞く必要のないことっていうか、掘り返さなくてもいいっていうか」

「ベレト様ー？」

上手な言い訳が思いつかなかった。違和感を持たれるのも当然である。

青の瞳を細め、疑いの眼差《まなざ》しを向けられる。

「あ、あはは……」

隅っこに追い詰められたような状況。この現状を打開するため、苦笑いを作って強引に話を変えるベレトである。

「それより！　今日の本題はもう一つあって。むしろこっちの方が大事なことだから」

「そ、そうなんですか？」

「うん、ちょっとここからは真面目になるよ」

『大事』のワードは効果覿面《てきめん》だった。

事実、方便でもない。

「あのさ、シアは覚えてる？　今回の会談が終わったら、今後についてもう一回相談できる？　って話したこと」

「っ」

途端、シアは落ち着きをなくしていく。

視線を彷徨《さまよ》わせ、みるみるうちに顔を赤くしていく。

相談の内容は恥ずかしいものなのだ。

『シアとこれからも一緒にいられるように』なんてものなのだから。

「その様子だと覚えてる？」

『コクコク』

首を縦に振って肯定したシア。

「ま、まあ、俺も俺で恥ずかしい内容だから……簡潔に話させてもらうね」

『コク』

「えっと、まずは大前提としてシアの家の決まりを守らないとだから、卒業まではこの関係を維持するんだけど……」

本題はここから。

「シアが卒業をしてからのことは、俺の方で必ず道を作っておくから」

「ほ、ほ、本当でございますでしょうかっ⁉」

興奮しているのか、嬉しいのか、言葉が変になっているのは触れないベレトである。

「もちろん。こんなことを言うと成績に影響するかもだけど、王宮への推薦状が出なかったとしても、俺が引き取らせても……じゃなくて、その道をちゃんと作っておくから」

言葉を濁しているのは、立場の弱いシアに制限をかけないため。彼女の卒業まではまだまだ先のこと。

この長い間に気が変わるかもしれない。今まで理不尽な扱いをしてしまったからこそ、自由にさせたい思いがある。

『シアを手放したくない』なんて私情を挟まないのだ。

「でも、これは口約束。道は必ず作っておくけど、作っておくだけ。制限をするわけじゃないから、シアの気が変わったら遠慮なく言ってほしい」

「あ、あの……ベレト様は軽く考えておりませんか？」

「軽く考えてるって？」

「情けないお話ですが、私よりも優秀な従者は必ずいらっしゃいます……。道を作るというのは、その優秀な方を見つけられても……その……」

「ああ、それでもシアを優先するよ。みんながなんて言おうと、俺の中ではシアが一番優秀な従者だから」

「っ‼」

口を半開きにして、目をまんまるくして驚いているが、なにも驚かれるようなことではない。なんせ本当に優秀なのだから。

「あ、あの……で、でしたら私は必ず王宮への推薦状をいただけるような、立派な侍女を目指したいと、お、思います……」

「期待してるよ。俺もシアの努力に負けないようにいろいろな勉強を頑張るから」

「え、えっと、その、ではこれからもよろしくお願いいたします……！」

「俺の方こそ。ってことで、難しい話はこれで終わりね。はいこれ」

「ありがとうございます……」

先ほどの話を未《ま》だ引きずっているシアは、遠慮していたチョコを受け取った。

実際は遠慮をするどころじゃないのだろう。溢れる感情を我慢しているように、受け取る手をブルブルと震えさせていた。

ベレトが言った『道を作っておく』には二つの捉え方があるだろう。

引き続き『専属侍女』という枠なのか。

それ以上の枠なのか。

その答えは、まだ先の話である。

第五章　秘密のやり取り

そして二日後。休日明けの平日。

四時間目を終えるチャイムが鳴り、昼休みを迎えた現在。

「……」

ルーナは食事を抜きに読書をしながら何度も時計を確認していた。

ベレトがくることを想像し、そわそわしながら一分一秒を過ごしていた。

彼女の頭の中にはずっと残っているのだ。

『ルーナ様。素敵な殿方であればあるだけ、横槍《よこやり》を入れられてしまうものです。無論、受け身になればなるだけルーナ様の願望は潰《つい》えてしまいます』

『頭の中ではわかっているはずですよ。勇気を出して行動に移すことは大事だと』

『全てにおいて競争の世の中ですから、思いのままに動いてみるべきかと。素敵な殿方を逃してしまわぬように』

使用人が口にしたことが。

確かにその言い分は間違っていないのかもしれない。だが、それを素直に実行することができるのなら、誰も苦労はしないだろう。

「……ずっと考えましたが、本当にそれでよいのでしょうか。嫌われるようならば本末転倒です……」

彼よりも偉い身分で、もしくはエレナ・ルクレールのように釣り合いが取れているのなら、思いのままに動いても、遠慮をせずとも特に問題はない。

しかし、ルーナの身分は低いのだ。同じような行動を取れば、分をわきまえない行動になってしまう。

ルーナが死守したいのは、『ベレトに嫌われたくない』それだけ。

「はあ」

目線を落とし、彼のプレゼントである栞《しおり》を触る。

「停滞していますね。わたしだけ。それに比べてエレナ嬢は……」

会談の後、二人きりで過ごすことを知っているのだ。

一人だけなにも進んでいない状況だからこそ、悪い方向に考えてしまう。

静かな空間で不安を吐露するルーナ。

——その声が聞かれていたことに気づくのは、すぐのことだった。

「あら、あたしを呼んだかしら」

「っ」

唐突のことだった。

気配なく、なんの前触れもなく、本棚の死角から現れたその人物……。エレナは紫の瞳を向けて余裕のある表情を作っていた。

「ごきげんよう。なにやら深く考えているようだったから、声をかけるタイミングを窺《うかが》っていたのよ」

「そ、そうですか。お気遣いありがとうございます。貴女《あなた》とお会いしたのは、あの時以来ですね」

「そうね」

少しピリッとした空気に包まれるが、当然のこと。

『あの時』とは、ルーナがベレトの教室を訪れ、デートの誘いを了承した時なのだから。

「それにしても驚きました。貴女がこちらを利用されることはなかったので」

「少しガッカリさせてしまったかしら？　あなたがベレトを待っていたことは遠目からでも伝わってきたから」

「……いえ、そのようなことはありません」

どこまで自分のことを摑《つか》んでいるのだろう……。そんな疑問を湧き上がらせるような一言である。

「ふふっ、じゃあそういうことにしておくわね。ちなみにベレトがここにくるのは今から二十分後よ。勝手なことをして申し訳ないけど、そのようにお願いしたの」

「……その間にわたしと個人的なお話をしたいわけですね」

「察しがよくて助かるわ。だから十分少々お時間をいただけるかしら」

「わかりました」

読書第一のルーナだが、躱《かわ》すことができない話をされるのは察している。

コクリと頷《うなず》き、眠たげな目をエレナに合わす。

「すみません、まずは率直に言わせてください」

「なにかしら」

「わたしは知っています。貴女がベレト・セントフォードに対して、どのような感情を抱いているのかを」

「ふーん」

エレナはなにも動揺しない。摑みどころのない微笑《ほほえ》みを見せるのだ。

「そして、この場を訪れた理由も理解しています。彼にこれ以上……との牽制《けんせい》ですよね」

「え？　別に牽制するつもりはないわよ。それにあたしの気持ちだけ汲《く》み取ろうとするのはズルいんじゃないかしら」

「……っ」

正論を言われてしまえば、返す言葉もなくなる。

「ひとまずあたしの話を聞いてちょうだい。今日はお礼を言いにきたの」

「お礼《皮肉》……ですか」

ルーナは言葉の裏にそう含め、ピクリと眉を動かす。

彼女がベレトに想《おも》いを寄せていることを知っているからこそ、こう変換することができる。

「その内容とは一体」

「まず一つ目ね。ベレトから聞かせてもらったわ。あなたがあたしの弟に力を貸してくれようとしたって。またなにか困ったことがあれば力になってくれるって」

「……」

このお礼に敵意のある眼差《まなざ》しを向けたルーナ。無表情の顔だが、その瞳には確かな怒りを灯《とも》していた。

これは上の立場の人間が下の立場の人間を陥《おとしい》れるようなセリフなのだから。

ベレトを盾に出されたことで、彼からの印象を悪くしないためにも『協力をやめる』なんてことが言えなくなる。

加えて権力のある伯爵家を敵に回すことはできないのだから。

逃げ道を閉ざされて最大限利用される。それがルーナに残された道。

「次に二つ目。シアについてのお礼を言うわ。あの子とあたしは親しい仲なの」

「感謝されることに心当たりはありませんよ」

「これもベレトから聞いたのよ。シアが好意を寄せていることを、それらしく教えてくれたのでしょ？」

「……否定はしません」

「そんなあなたのお陰でベレトは目を覚ましたというか、シアは一番幸せな人生を歩むことができそうだから」

「……」

二つ目のお礼で『邪魔をされる自分』と『幸せな人生を歩む相手』との格差を知らされる。

予想していた通り、お礼は皮肉だった。それも、平常心ではいられなくなるような皮肉を。

言葉にならない思いに襲われるルーナは、小さな手で握り拳を作る。

心を支配するのは、悔しさ。

使用人が口にしていたことが現実のものだと、この時わからされる。

下を向き、一人、暗い世界に入り込む。そんなルーナの目を覚ましたのは――。

「……ん？　ちょっとあなた、賢いばかりになにか勘違いをしていないかしら」

「っ⁉」

肩に優しく置かれた手の感触。

目を大きくして視線を送れば、心の底を覗《のぞ》くように首を傾《かし》げるエレナがいた。

「今の言葉は心からのお礼よ？　よくある皮肉なんかじゃなくって」

「……」

論理的に組み立てていたことが、一瞬にして崩れさる。

頭が真っ白になって石のように固まるルーナに、ははぁんと呆《あき》れ察したように表情を崩すエレナである。

「ええ……。あたしがそんなことを言うような人に見えていたなんて、少し傷つくわ。あなたのこと一度助けたことだってあるでしょう？」

「っ、申し訳ありません。状況的にそれが自然でしたので……」

エレナの表情や声色から皮肉だとの疑いはもう晴れた。

どんでん返しのような状況に、失礼な誤解をしてしまったことに縮こまってしまう。

「ちなみにだけど、あたしに向けてきたあの怒りからするに、あなたもベレトのことを好いているのね」

「も、黙秘します。ただ、手のひらで踊らされてしまった気分で悔しいです」

「元はと言えばあなたの自爆でしょう？」

「……お許しください。この恥ずかしさをぶつける場所が……でして」

「ふふっ、なによそれ」

本音をぶつけ合う二人。そのおかげか和やかな雰囲気が漂っていく。

「じゃあ誤解も解けたところで、あなたに会いにきた本題をお話ししてもよいかしら。時間も時間だから」

「もちろんです」

「ありがとう。なら早速だけど、実はあなたには渡したいものがあるの」

「渡したいものですか」

「ええ」

エレナが胸ポケットから取り出すのは、ルクレールの紋章で封蝋《ふうろう》された手紙。

「これは再来週にあたしの屋敷《やしき》で開かれる晩餐《ばんさん》会の招待状よ」

「……」

「不思議に思うでしょ？　あたしが断られるとは微塵《みじん》も思ってない様子で」

「はい」

「だってベレトも参加するから」

「本当……ですか」

「約束するわ」

ピクッと眉を動かして食いついたルーナに、頷くエレナ。

「あの、わたしが晩餐会に招待される理由は一体……。貴女の一家と繋《つな》がりがあるわけではありません。参加する資格はないように思えます」

「一つ目のお礼で言ったでしょう？　アランが困った時に力を貸してくれるって。それで十分よ。もちろんお父様も快く許可をしてくれたし、あなたとは個人的にもっと仲良くなりたいの」

「……」

「もちろん無理に参加しろとは言わないわよ。あたしに遠慮をすることもないわ」

エレナの気持ちは一貫している。人の顔色を窺うようなことをせず、自分の意思で決めること。

「その言葉は本心だと思いますが、それを抜きにしても『参加した方がよい』との含みがありますね」

「あなたが傷ついても構わないのなら教えるわ」

「であれば、お願いします」

即答したルーナ。そんな迷いのない彼女に、包み隠さず答えるのだ。

「ベレトはね、あなたのこと〝も〟『ただの友達』としか思ってないわ。異性として気があるなんて感じ取ってもいないもの」

「そうですか」

「な、なによその冷静な返事……。あなたはこのままでいいの？　アイツってば腹立たしくなるくらい鈍感だから、今のままだときっとなにも変わらないわよ。逃したいのならこれ以上はなにも言わないけど、そうじゃないんでしょ？」

「っ」

確証を得られたからこそ、胸に刺さる言葉を次々に選ぶことができる。

さらには偶然も重なっていた。

使用人と同じことを口にするエレナは、ルーナの心を強く揺さぶるのだ。

「ちなみに、あたしは晩餐会の途中にアイツと抜け出す約束を取りつけているから」

「なっ」

「ぬ、抜け駆けしたことは謝らないわよ？　あたしはあたしなりに頑張ったのだから。だから……あなたがなにもしないのなら、このまま差をつけてあげるから」

　このトドメの一言はルーナの閉じこもった殻を破ることになる。

「……でしたら、差をつけられないように頑張りますよ。わたしも」

「つまり晩餐会に参加してくれるのね？」

「はい。顔を出させていただきます。貴女《あなた》のお陰でこのままだと、ダメなことに気づきましたから。中途半端《ちゅうとはんぱ》でなければ、先ほどの言葉も効くことはありませんでした」

　誰からの誘いも断っていたルーナは、この時参加を表明した。

「それはよかったわ……。でも、無理だけはしないでちょうだいね。慣れない会に参加させることはわかっているから、困ったことがあればいつでもあたしを頼って」

「ありがとうございます。あの、一つ聞いてもよいですか」

「なに？」

「……どうしてここまで敵に塩を送るような真似《まね》をするのですか。だからこそ誤解してしまったこともあります。貴女は好きなのですよね。彼のこと」

「あなたがシアにしたことをそのまま返しただけよ。今回のことで敵に塩を送ったつもりはないわ」

言葉はキツく……それでも、柔らかい表情を見せるエレナはもう一つの本音を伝えるのだ。

「それにあなたと被《かぶ》るのよね。好意に気づいてもらえないこと……。その辛《つら》さはわかってるわ」

それを言うと、ルーナに背を向ける。

「だから、あなたも頑張りなさい。同じ恋敵《なかま》として『ほんの少し』って言うのは酷いけど、応援しているんだから」

「すみません。わたしは仲間ではありませんよ」

「えっ⁉」

「わたしは彼のことが気になっているだけです。好きという感情は持ち合わせていませんん」

「……なるほどねぇ」

屁理屈《へりくつ》に近いセリフを投げられるが、エレナは怯《ひる》まない。

自慢げに言い返すのだ。

「仮にそうだとしても、あたしのように落とされるのがオチでしょうね。結局」

「わかりませんよ」

「わかるわよ。あたしが惚《ほ》れた人なんだから」

こう訴えるエレナの顔に照れはない。当たり前のことを言うような態度だった。

「さて、早めに退散しないと鈍感なヤツがきちゃうから、あたしは失礼させてもらうわね」

「わかりました。この恩はいずれ」

「そう? なら晩餐会を楽しむことでその恩を返してちょうだい」

「ありがとうございます」

晩餐会を楽しむ。それは改められた『頑張れ』のエールでもある。

「あ、最後に――」

「はい」

「ベレトってば変だから、立場を気にしない方が喜んでくれるわよ。もしそれで周りになにか言われたり、先ほどのような皮肉を言われたら、必ずあたしがルーナのこと助けてあげるから」

と、置き土産を残したエレナ。

ベレトの知らないところでは、たくさんの進展が見られるのだった。

＊＊＊＊

「二日ぶりですね、ベレト・セントフォード」

「うん、二日ぶり！　今日もお邪魔させてもらっていい？」

「もちろん。ご自由にどうぞ」

エレナが去り、数分後のこと。

ランチを食べ終わったベレトはいつも通りに図書室に足を運び、読書スペースに座るルーナと顔を合わせていた。

「それにしても、今日はいつもと違う本を読んでるんだ？　ルーナが騎士道？　を読んでるの初めて見たよ」

「今週はずっと読み進めるつもりです」

「あはは、しっかりとしたスケジュールで」

何気ないやり取り。笑いながら机に重ねられた本に視線を向けたベレトは、この時に視界に入れる。

以前、彼女にプレゼントをした四つ葉を象《かたど》った金属製の栞《しおり》を。

「あ……」

プレゼントをして以降、初めて見たその栞を思わず凝視すると、ルーナはその視線に気づいたように手の中に隠すのだ。

「あの、これはもう返しませんよ。重宝《ちょうほう》しているので」

「そ、そんな目で見てないって！　ただちゃんと使ってくれているんだなって思って」

「毎日使っていますよ。もう一つの羽根の栞はこちらにあります」

「あっ、本当だ」

重ねられた本のうち一番上にある本を開いたルーナは、使用中の証拠を見せる。

その途中で、ポケットの中にこっそりと四つ葉の栞を入れるのだ。

ルーナは秘密にしているのだ。

二つの栞のうち、一つの栞はお守りのように扱っていることを。常に持ち歩くようにしているのだ。

「あなたからいただいたものです。雑に扱ったことはありません」

眠たそうな目に抑揚のない声。

普段と変わらずのルーナは当たり前と言わんばかりに表明し、開いた本を閉じた。

「さて、今日はどのような本を読みますか。あなたは」

「んー。将来に役立つ本が読みたいなぁ」

「全て役に立ちますよ」

「そ、それは確かに……。ちなみにルーナのオススメは？」

「哲学はどうですか。多くのことを学ぶことができたのでオススメです」

「哲学か……。確か前もオススメしてくれたっけ？」

「そうですね。好みのジャンルですから」

「じゃあ俺も一度くらいは手をつけてみようかな。難しい内容だけど、視野が広がるだろうし……」

　そうして読む本を決めたベレトだったが——。

「あの、決定したところすみませんが、変更しませんか」

「えっ？」

「あなたのことを考えた場合、読むべき本はやはり以前と変わらずラブロマンスだと思いました」

「そ、そう？　哲学と比べたら学ぶところは少ないような」

「あなたの場合にのみ、こちらの方が有意義です」

　含みのある言葉を口にしたルーナは、すぐにその説明を加える。

「とある方が言っていました。あなたは鈍感であると」

「絶対にエレナだよなぁ……。俺を相手にそんなこと言えるのって片手で数えられる程度だし」

「実際、わたしもそう思っています。あなたはシアさんのアピールに気づけなかった事実がありますから」

「ま、まあ……」

「ですので、こちらをオススメします。本に書かれた描写と同じような経験をした時、すぐに気づくことができますから」

「そ、そうだね。わかった。じゃあその通りに」

彼女が言ったことは滅多に起こり得ないこと。ルーナのように網羅していないベレトに至っては人生に一度あるかないかの確率だろう。

「わたしが選んだ方がよいですか。それともあなたが選びますか」

「よければお願いしてもいい？　ルーナが選ぶ本は面白くって」

「わかりました。では、二冊ほど持ってきます」

「あ！　本くらいは俺が取るよ。ごめんね、気を利《き》かせてもらって」

ルーナにはたくさん甘えてしまっているのだ。自分ができることまで任せるわけにはいかない。

一人で本を取りに向かおうとした彼女を見て、案内してもらうように後ろにつくベレト。

この行動は当然、侯爵家の嫡男らしくないもの。

「……あの、これはずっと伝えていませんでしたが、わたしには下手《したて》に出ないでいただけると助かります。やはり勝手が悪いです」

「ええ？　それは不当な言い分じゃない？　ここは全生徒が平等って感じの校則なんだし」

「……ズルいです」

「あはは」

率直な意見を吐くルーナ。

だが、これこそ当たり前の反応である。

身分が高ければ高いほど、この校則を嫌う傾向にある。身分の高い相手からすれば、不利な校則と言っても過言ではないのだから。

「初めての体験ですよ。その校則を使って嬉《うれ》しそうに反論されるのは」

「こんな人間もいるってことで」

図書室をゆっくり歩きながら会話を弾ませる二人。

「……そんなあなたであるばかりに、いつか錯覚してしまいそうです。おかしなことを言いますが、わたしが同じような身分だと」

「そのくらい仲良くなれたらいいなって俺は思ってるよ」

「っ」

その声を耳に入れるルーナは、ビクッと肩を上げ、衝動のままに足を止めるのだ。

「あ、なにか変なこと言っちゃった？」

「いえ……。あなたが拒まなければ、叶《かな》うと思いますよ」

「本当？　それはよかった」

チラッと尻目に見れば、そこには満足そうな笑顔を浮かべるベレトがいる。

「……嬉しそうにしないでくださいよ、そんなに」

「だって、嬉しいから」

「そろそろ……勘弁してもらえませんか」

「えっと、なにを？」

「……もう、いいです。なんでもありません」

意図はなにも伝わらない。

嬉しくなる言葉を次々に差し込まれ、当たり前の顔で聞き返される。

意図せずに追い込まれたルーナは逃げに走る。

これ以上の羞恥を避けるように、足を再度動かして顔を見られないよう先頭を歩くのだ。

——が、ここでまた足を止める。

「ル、ルーナ？　大丈夫……？」

ベレトからすれば、怪奇な行動。心配の声をかけるが、その言葉は聞こえていなかった。

彼女は別の声が脳裏に聞こえていたのだ。

『アイツってば腹立たしくなるくらい鈍感だから、今のままだときっとなにも変わらないわよ。逃したいのならこれ以上はなにも言わないけど、そうじゃないんでしょ？』

『あなたがなにもしないのなら、このまま差をつけてあげるわ』

数十分前の、エレナの声……。まるで、こうなることまで見越していたようなセリフが。

「あ、あの……。ベレト・セントフォード……」

「う、うん？」

「……そ、その」

ルーナの答えは決まっている。

『変わったところを見せなきゃ……』と。

この覚悟こそ、ライバルであるにも拘《かかわ》らず、たくさんのエールを送ってくれたエレナに顔向けできること。

足を動かし、後ろを振り返る。

頰に溜《た》まる熱。赤面する顔。だが、それに負けずに勇気を出す。

金の瞳をベレトに向け、口を震わせながら伝えるのだ。

「わ、わたしも、嬉しく思って、ます……から。あなたから、そう思っていただけている
こと……。それだけ、言っておきます……。誤解されたくはありませんでしたから」

「ははっ、了解」

不器用ながらも、目を合わせてしっかりと言い切るのだ。

呆気《あっけ》に取られるベレトに背中を向けるルーナは、案内を続けるように曲がり角を右に曲
がる。

「って、ちょっと待ってルーナ。文学はそこ左じゃない？」

「……」

そして、後ろから飛ばされた声を聞き、さりげなく体を左に向ける彼女は弁明するのだ。

「人間、誰にでもミスはあります。……決して動揺していたわけではありませんから」

「ぷっ、あはは」

「わ、笑わないでください。怒りますよ」

「ご、ごめんごめん。ありがとね、ルーナ。さっきのこと伝えてくれて」

「……はい」

今回、このように言えたのは大きな進歩。

冷たい声で返事する彼女だが、その胸は大きく高鳴っていた。

「あ、そう言えばエレナが招待状を渡しに図書室にきたと思うんだけど、大丈夫だった？」

柔らかな空気に包まれながら、ラブロマンスが並ぶ本棚の前に着いた時。

ベレトはこのようなことをルーナに投げかけていた。

「大丈夫とは一体」

「なんて言うか、エレナってちょっと不器用なところがあるから、摑《つか》みづらいところがあるんじゃないかなって。仲良くなればそんなことは全然感じないんだけどさ」

ツンとすることもあり素直じゃないエレナと、無表情のルーナ。

この二人がかけ合わさるとどうなるのか、想像することはできなかったのだ。

「心配をありがとうございます。とてもよい時間を過ごせましたよ」

「それならよかった。俺としては仲良くしてほしい二人だからさ」

「角の立つ言い方をしてしまいますが、とても優しいが故の不器用さなのでしょうね」

「あはは、エレナにそれ言ったら『そんなことないわよ！』って照れながら怒ると思うよ」

「では、これは内緒の話ということで」

「はーい。了解」

トラブルを生まないための対策をするルーナ。

仮に今の言葉を伝えても笑い話になるだろうが、ここは彼女の意見を尊重する。

「あの、あなたがエレナ嬢と親しく接している理由が今回のことでわかりました。身分の低いわたしをとても気にかけてくださいましたから」

「その様子なら仲良くなれそう？」

「……」

『あなたのせいでわかりません』と伝えるルーナの視線は、笑顔を浮かべているベレトには届かない。

「え？　無視⁉」

「すみません。少し考えごとをしていました。それはそうと、あなたに報告しておくことがあります」

「なんか難しいこと考えてそうだなぁ……。って、報告？」

「はい。エレナ嬢からご招待いただいた晩餐会《ばんさん》にわたしも参加する予定です。なので当日はよろしくお願いします」

「お！　それは楽しみだ」

実際、参加の有無を聞く機会を窺《うかが》っていたベレトだった。

一つ、気がかりなこともあって。

「……あまり驚かないのですね。わたしがこのような会をお断りしていること、知っているあなただと思いますが」

「エレナが言ってたんだよね。ルーナは参加するって」

「っ」

「宣言通りになってるんだから凄《すご》いよね」

「一つだけ、教えてください……。わたしが『参加する』と言えた理由……聞きましたか」

動揺を滲《にじ》ませるルーナは、無機質な声に緊張を含ませていた。

金色の瞳を揺らしながら、上目遣いで確認をするのだ。

なぜ本人でもないエレナが『参加する』と言えたのか、その理由は一つしかないのだから。

「聞いたことには聞いたけど、例え話だったから詳しくわからなかったよ」

「例え話、ですか」

「ルーナも聞く？　正確に伝えることはできないんだけど、ざっくりと覚えてるから」

「は、はい。是非」

『詳しくはわからなかった』

その言葉一つで安堵《あんど》の気持ちに包まれる彼女は、すぐに冷静な気持ちを取り戻す。

そのタイミングでベレトは例え話を口にする。

「えっと、今回の晩餐会でルーナの大好きなものが一つ用意されているらしいんだけど、その好物は第三者に狙われている状態で、晩餐会の日に奪い去ろうとしてる、みたいな感じだったよ」

「そう、ですか。それはまた酷《ひど》いことを考えているのですね。第三者の方は」

「あー。そう言われたら確かにそうかも。二人で半分に分けたらいいのにね。ナイフとか使って」

「……」

「え？　な、なに？　その目は……」

言い終わった瞬間、ベレトは恐る恐る聞き返すのだ。

『本当になにもわかっていないのですね』と言わんばかりにジットリとした目に変えたルーナに。

「な、なんか変なこと言った？　俺……」

「いえ。よくよく考えたのなら、あなたの言い分に間違いはありませんでした。すみません」

「あっ、でしょ？　だから交渉してみるといい方向に進むかもね」

二人が想像しているものは百％違う。だが、これまた偶然にも正しいことを言っている。

「それにしても上手な例え話ですね」

「あのさ、ルーナの好きなものって、俺に教えてくれたりする？　本以外のものってヒントはもらってるんだけど、全然思いつかなくて」

「……気になりますか」

「うん。それに情けなくって。ルーナとこんなに関わってるのに、好物すら知れてなかったんだなって」

このように思うのは自然なこと。

ルーナと関わりの少ないエレナが、彼女の好きなものを知っている。

その一方、彼女と関係の深いはずのベレトは、好きなものを知らないのだから。

「正直なところ気に病むことはなにもありませんよ。そのように感じてしまった時点で、あなたは被害者に当たりますから」

「被害者って……俺が」

「はい。（惚《ほ》れられた）被害者です。それほどにわたしの好きなものを当てることは難しいということです」

こっそりとニュアンスをつけ、真顔のまま言い切ったルーナはさらに言葉を紡《つむ》ぐ。

「……しかし、あなたを擁護したわたしも（酔わされてしまった）被害者です」

「そ、そうなの？　なんか被害者いっぱいだな……」

「損害があるわけではありませんけどね。と、すみません。話が脱線してしまいました。元の話題に戻します」

話が長くなると思ったのか、ルーナは早々に切る。

「先ほどの件について、わたしと情報交換をしていただけるのなら教えますよ」

「情報交換？」

「言葉のままです。わたしはあなたが聞いた『大好きなもの』について教えます。その代わり、あなたはわたしの質問に答えるというものです」

「あっ、それいいね！　いい提案だと思う！」

彼女の提案はお互いがお互いを知れるというもの。

断る理由はなにもない。

「じゃあ順番はどうする？　俺はどっちでも大丈夫だけど」

「ではお言葉に甘えて、わたしから質問をしてもよいですか」

「もちろん。なんでもどうぞ」

そして、情報交換が図書室で始まる。

余裕のある態度で……。いや、なにを聞かれるのか楽しみにしているベレトに、さりげなく視線を逸《そ》らして鼓動が高まるルーナは、この質問をするのだ。

「……あなたは、どのような女性がタイプですか」

「へっ」

「『へ』ではありません。驚くようなことはなにも言っていませんよ。わたしも『好き』について答えるわけですから」

「そ、それはそうなんだけど、ちょっと意外な質問だったから」

一瞬心を乱されるベレトだが、冷静沈着な彼女を見てすぐに落ち着きを取り戻す。

眉間にシワを寄せながら考えるのだ。

「好きなタイプか……」

「『優しい』などの王道を答えるのは控えてください」

「んー」

ますます難しい条件がつけ加えられ、唸《うな》り声を上げる。

「……」

そのまま考え込むこと少し。

『えっと』の前置きをし、ベレトは恥ずかしさを隠すように苦笑いで答えるのだ。

「そうだなぁ。自然体でいてくれる人がいいな。あはは……」

「言葉のままですか」

「う、うん。俺がこんなことを言うと嫌味になるかもだけど、侯爵家の家柄だから対等に接してくれる人が少なくって……。それに悪い噂《うわさ》もあるから、大半は畏《かしこ》まってしまうみたいな……」

「畏まられるというのはよいことでは」

この世の中は階級社会である。

畏まられるというのは、確固たる地位があるからこそ。

ルーナの言うことは正しい。当たり前のことだが、ベレトだけは価値観が違うのだ。

「ま、まあその通りだし、実際は仕方ないで割り切るしかないことなんだけど……。距離を置かれているみたいで嫌なんだよね」

「……」

その理由にルーナはまばたきをするだけ。理解が追いついていないように微動だにしない。

「も、もちろん変なこと言ってるのはわかってるよ？　贅沢《ぜいたく》なことを言ってるってことも。だけど、これが俺だから。身分とか関係なしにみんなと仲良くしたいよ」

この発言は多くの敵を作ることだろう。当然、公にも言えないこと。

だが、相手がルーナだから思いのままを伝えることができる。

「そんなわけで、俺には立場を気にせずに自然体で接してくれる人がいいな」

「そう、ですか」

ベレトは知る由《よし》もない。

ルーナがこの言葉を聞いたのは、二度目であることに。

では一度目は？　と問われれば、それはたった数十分前のこと。

『ベレトってば変だから、立場を気にしない方が喜ぶわよ』

そう……。エレナが図書室を去る際にかけてくれたアドバイスと瓜二《うりふた》つなのだ。

「……本当、変わり者ですね、あなたは。自分には失礼を犯してくれと言っているようなものじゃないですか」

「楽しそうでしょ？」

「はい。恐怖が勝ちますね」

「ははっ、鋭いツッコミで」

笑い声をあげるベレト。そして、下を向いて顔を見られないようにするルーナは……嬉《うれ》しそうに目を細めていた。

『彼らしい』と滲ませるように。

「じゃあ、質問に答え終わったってことで次はルーナの番ね？」

「わかりました」

「ルーナの好きなものって？」

『コク』

その質問に小さく首を縦に振る。

ベレトから聞かれる前から、答える内容を決めていた。

自分らしくルーナは答えたのだ。

「――わたしの目の前に……ありますよ」と。

＊＊＊＊

(……やっぱり、こうなりますよね)

この展開を予想していたからこそ、緊張はないようなものでした。

わたしは答えました。

『わたしの目の前に……ありますよ』と彼の目を見ながら。

正直、こんなことをすれば察する方もいるでしょう。もしかしたら……と考える方もいるでしょう。

ですが、彼は期待を裏切らない行動を取りました。

呆気《あっけ》に取られた顔をした後、わたしの視線を追うように後ろを振り返るという行動を。

(……はあ)

わたしは彼の目を見ていたのに、どうして視線が貫通するようなことになるのでしょうか。

心の準備をしていなかっただけに、気づかれるのは困りますが、これはこれで意味がわかりません。

「え？　ルーナの目の前にあるって……本じゃないよね？　エレナから本以外のものって聞いてるし」

「はい。本以外のものですよ」

「ちょっと待ってね。少し時間ちょうだい」

「……」

（本気で考えているようですが、それでは絶対に当てられませんよ）

あなたが後ろを振り返っている時点で、わたしの『好きなもの』からは外れているのですから。

確かに人は『物』ではありません。『好きなもの』を人に当てはめるのは不適切ですが、言い換えているならば適切になります。

（……彼には本当にないのでしょうね。自分が当てはまっているという概念が）

この状態だと知った今、彼が次にどのような答えを出すのかわかります。

わたしが予想を立てた瞬間、彼はハッとした声を出しました。

「あ！　もしかしてルーナの好きなものって本棚⁉」

「（わたしの予想は）正解です」

「よしっ！　当たった！　でも確かにそうだよね。本棚がなければ本を整理できないから、読書をする人にとっては自然と好むものになるし、共有することが難しいものだから、例に挙がってた第三者が独り占めしようとする理由もわかるし！」

「素晴らしい着眼点です」

「あははっ。あのヒントがあれば全員がわかると思うけどね？」

「……」

（そのヒントをもらってもなお、全然わかっていない方がわたしの目の前にいるのですが）

スッキリしているその顔に言ってやりたいです。

（皮肉にも気づいていませんよ）と。

本棚が好きだとの理由づけができ、例え話から結びつけられる頭のよさがあるのにも拘《かかわ》らずコレですからね、彼は……。

本当、厄介極まりないです……。

ふざけているとの誤解を受けても不思議ではありません。

こんなことだから、人の好意に気づけないから、異性から悪い噂を流されたのでは……なんて想像すらできてしまいます。

「あ、そう言えばルーナに言い忘れてたことがあるんだった」

「なんでしょうか」

「今回の晩餐会《ばんさん》、エレナだけじゃなくて俺のことも頼ってね。いつでも力になるからさ」

「あの、笑顔でそのようなこと言わないでください」

（……嬉しくなること、いきなり言わないでください）

これだから、厄介だと思われているのですよ。あなたは……。

「な、なんかごめん？　でも本心だから」

「……」

「ちなみに晩餐会で俺にこれをしてほしいってことある……？　先に教えてもらえたら、すぐに動けるなぁって」

「ありますけど、わたしの立場ではあなたにお願いすることはできませんから」

事実を口にします。

彼の好きなタイプから逸《そ》れるようなことをしてしまいますが、わたしのお願いはそれほどに出過ぎた内容……。慎重になって事実を伝えます。

でも、優しいあなたならきっと——。

「そんな意地悪を言うなら、ルーナとの約束破っちゃおうかなあ。また一緒に王立図書館にいくって約束を」

「覚えていたのですか」

「あはは、そんなに驚かなくても。ってことで、図書館の予定は晩餐会の日にでも立てるとして、お願いごとを教えてくれる？　別にどんなことをお願いされても怒ったりしないし、失礼だとか思ったりしないからさ」

「あ、ありがとうございます……」

（思わず口ごもってしまいました……）

まさか彼から予定を持ち出してくるとは思ってもいませんでした。

本日は嬉しいことばかり、起こっています……。これだけで晩餐会に参加することを決めてよかったと思えます。

この気持ちを抱えて、わたしは伝えます。

「では、お言葉に甘えてお願いの件なのですが、わたしがエレナ嬢に受けた恩をお返しする手助けをしてほしいのです」

「おお、それは重要な役だ……」

（本当に重要な役ですよ）

エレナ嬢も彼に心惹《ひ》かれているはずなのに、敵であるわたしにもっと親しくなるキッカケを与えてくれました。

この恩は必ず返さなければいけません。

「あの、誤解のないように言っておきますが、エレナ嬢に恩を返すために晩餐会に出席するわけではありませんからね。わたしの意思で参加します」

「大丈夫、わかってるよ。『恩を返すために参加しろ！』とか言うタイプじゃないもんね、エレナは」

「はい」

（なんだか羨ましいです……。そこまで通じ合っているあなたとエレナ嬢が）

確信しているような言い方につい嫉妬を覚えてしまう……。

「それで恩の返し方なんだけど、エレナから指定はされた？　それとも自分で考えて行う感じ？」

「いえ、指定をいただきました。今回の晩餐会を楽しむこと、と」

「あはは、なるほどね。それならとことん協力するよ。俺はなにをすればいい？」

「あなたと二人きりになりたいです。できるならば、外で」

「外で二人きり⁉」

（驚くのも無理はありません。でも、これはわたしに必要なことです……。エレナ嬢に負けるわけにはいきませんから。差をつけられたくなんか……ありませんから）

あなただからお願いしていること。

ただ、これだけは言いたいです。

大きな身分差があるために信じる者はいないでしょうが、わたしはあなたの立場に目が眩《くら》んでいるわけではないと。

あなたがわたしより身分が低かったとしても、同じことを口にしますと。

「ま、まあルーナの言ってることってゆっくりできる場所で休憩がしたいってことだよね？　その……夜遊びするとかじゃなくって」

「はい。夜風に当たりながらゆっくりお話ができたらと思っています。読んだ本の中でこのような描写があったので、体験をしたいです」

あなたは知る由もないでしょう。これが方便だと。

わたしは二人きりになりたいだけです。できるならば、外で。

外でなければ、わたしの考えていることができませんから。

「これがわたしのお願いですが、叶《かな》えてもらえますか」

「もちろん。正直、もっと大きなお願いをされると思ってたよ」

「わたしとしては、大きなお願いですよ」

（本当、この人と過ごしていると感覚が麻痺《まひ》してしまいそうです……）

本来ならば、礼儀を弁《わきま》えろと言われるところ。快く引き受けてくれるお願いではないのですから。

男爵家のわたしが侯爵家の方にこんなお願いをすること自体、あり得ないことなのですから……。

「あ、でもエレナとの予定もあるから、その時間だけはごめんね」

「構いません。ありがとうございます」

(嬉《うれ》しいです……。これで、考えていることができます……)

あとは、心の準備を整えるだけ。わたしが勇気を出すだけ……。

「でもさ、俺なんかと休憩して大丈夫？　いろいろ問題が出てくるかもよ？」

「問題とは」

「ルーナはあんまりピンとこないだろうけど、男女でパーティを抜け出すってことは、周りから付き合ってるって誤解を生む可能性があるんだよね……？」

「平気ですよ。そのような噂《うわさ》が生まれたとしても」

「本当？　噂を確かめる人が出てきて、ゆっくり読書ができなくなるかもしれないよ？」

「その分、あなたとの休憩を楽しむことができたのなら、釣り合いが取れますから」

「本当？」

「はい」

（わたしなんかが相手では、付き合っているとの噂が出るとは思えませんが……）

仮に噂になったとしても、あなたと一緒に過ごすことができるのなら、それでよいです。むしろ嬉しいです。

「じゃあいつでも声をかけてね。俺は基本一人だから」

「一人ですか」

「あはは、悪い噂があるから誰も近寄ってこないんだよ」

「あの、シアさんは参加されないのですか。参加するのであれば、あなたの隣につかせることができるのでは」

「シアは人気者だからいろいろな人に引っ張られるんだよね……？　だから俺に構ってくれる時間はないっていうか」

「ご主人だからこそ、シアさんに負けないように頑張らないとですね」

「な、なんかルーナにご主人って言われるとむず痒《がゆ》いなぁ……」

「わたしも少し恥ずかしくなりました」

「あはは、なんだそれ」

「あなたがそのようにツッコミを入れるからではないですか……」

あなたが『むず痒い』と言ったばかりに、特別な呼び方に捉えてしまいました。

（なんだそれ、ではありませんよ）

「ま、まあそれはもう触れないことにして……。晩餐会についてルーナに一つだけお節介を焼きたいんだけど、大丈夫？」

「むしろ助かります。馴染《なじ》みのない会に参加しますから」

「じゃあ内容なんだけど、『二人きりで過ごしませんか？』みたいなお誘いがきた時、二つ返事で頷《うなず》かないようにだけお願いね。中にはやましいことを考えている人もいるからさ」

「あなた以外の方と外に出るつもりはないので平気ですよ」

気も乗りませんから。

「そっか。それなら安心だ」

「あの、わたしからもあなたにお節介をよいですか」

「うん？」

「優しいことは素晴らしいことですが、誰彼構わず休憩のお誘いを了承しない方がよいですよ。あなたは侯爵家の嫡男であり、偉い立場にいます。変なトラブルに巻き込まれる可能性がありますから」

「心配ありがとう。でも、ルーナと同じで平気だよ。俺はルーナだから一緒に休憩することを決めたし、相手はちゃんと選んでるから」

「っ」

（……そろそろ口元が緩んでしまいそうです……）

頬に熱がこもってきます……。

これ以上、彼の好きにさせるわけにはいきません……。赤くなった顔なんて見られたくないですから……。

「すみません。今思えばずっと立ち話をしていましたね。目的のコーナーについたのにも拘《かかわ》らず」

「あはは、確かに。ルーナのオススメの本あった？」

「はい。あなたに勧めるものはこちらです」

「お！」

「この二冊のうち、こちらの本のみ晩餐《ばんさん》会の〝前日〟までには読み終えるようにしてください。告白の言葉が遠回しに、ロマンチックに訳されているものですから、その感想を聞きたいです」

「本当⁉　それは楽しみだ」

楽しみにしていそうな彼を見て、顔を逸らしたくなるほどに恥ずかしくなります……。

わたしが読み終える期間を指定した本の内容は、晩餐会の途中に男女で抜け出し、例のロマンチックな言葉をかけたことにより恋仲に発展するお話……。

彼が読み終えて、その時のセリフを覚えていて、わたしがその言葉をかけたのなら……本の描写と現実が合わさります……。

これで、わたしの想《おも》いはきっと伝わることでしょう……。

まだ先のことなのに緊張で手が震えます……。

でも、どこかスッキリした気持ちです。

きっと、『する覚悟』が決まったからだと思います。

「ベレト・セントフォード。……覚悟してください」

「うん！　そんなにオススメの本を紹介してくれて本当ありがとうね」

「……」

(そんな意味で言ってないです)

本当、鈍感なあなたにはこの言葉が一番お似合いです……。

「……ばか」

わたしはとんでもない失礼を犯しましたが、彼は『ん？』と笑っていました。

恐らくわたしの声が小さくて聞き取れなかったのでしょうが、その優しい笑みはズルいと感じました。

＊＊＊＊

その日の放課後。

ルーナは図書室ではなく、とある空き教室にいた。

一人ではなく、エレナと一緒に。

ほんの数分前のこと。エレナはこの図書室に足を運び、二人きりでお話しできる場所に移動しようとの旨《むね》を伝えていたのだ。

「ありがとう。あたしのワガママに付き合ってもらって。招待状の件があるから断りたくても断れなかったでしょう？」

「いえ、わたしもお話ができたらと考えてましたから。本来ならばこちらが足を運ぶべきところすみません」

「ふふ、そんなこと気にしなくて大丈夫よ」

「ありがとうございます」

二人は通じ合ったように謝罪を交わす。

そして、今回話す内容も互いに理解している分、すぐに本題に入るのだ。

「お昼の件についてのお話ですよね」

「ええ。ベレトとどのような決着をつけたのか確認しておきたかったの。進展することはできたのかしら」

「……あの、そのお返事をする前に一つだけよいですか」

「なにかしら？」

「仮にわたしが『はい』と答えた場合、モヤモヤはしないのですか」

上目遣いで見つめながら、配慮と言う名の前置きを作るルーナ。

想う相手は同じなのだ。

自分ならこうなってしまうとの理由で促した彼女だが、エレナはピンク色の口を手で覆い、にこやかに笑った。

「そうねえ。しないと言ったら嘘《うそ》になるけど、あなたが頑張った成果だから割り切ることができるわ。仮定の言葉を出したあたり、上手《うま》くいったようね？」

「はい。貴女《あなた》のおかげで晩餐会の途中、彼と一緒に休憩する約束を結ぶことができました。

本当にありがとうございます」

　ベレトと顔を合わせる前、エレナにあの話をされていなければ、約束を取りつけることはできなかっただろう。

　晩餐会の日は一人で休憩を取ることになっていただろう。

　大きく頭を下げて謝意を伝えていた。

「ね、こんなことを言うのは野暮だけど、ベレトを選んで後悔はしていない……？　あたしが強引に急《せ》かしてしまったから、考える時間とか、ペースとか狂ってしまったでしょう？　冷静になって思ったわ。あの行動は間違っていたかもって……」

「貴女が惚《ほ》れた方なのですから、自信を持つべきでは。素敵な彼で、誰に勧めても後悔しないと」

「い、言ってくれるじゃないの。アイツと同じくらいに……」

　冷静な声から言われる正しい主張。

　白い頬を赤くさせるエレナは、口を尖《とが》らせながら人差し指で赤色の髪を巻いていた。

「そんなわけですから、後悔もしていません。わたしは貴女の行動が正しかったと思っています。それに、急かした理由も理解しました」

　と、ここで眠たげな双眸《そうぼう》をジト目に変えたルーナは、厄介なことでも考えているように言うのだ。

「わたしの立場でこんなことを言うのは許されないことですが、あの人の鈍さはどうにかならないのですか」

「ふふっ、あなたと文句の言い合いができそうで助かるわ。やっぱりそう思うわよね」

「あれほど鈍感であるにも拘らず、頭がよく、気遣いができることが不思議で仕方がありません」

『このままだときっとなにも変わらない』そう言われた理由を、彼の鈍感さから理解したルーナ。

そんな彼女に一拍を置き、エレナは自身の考えを口にするのだ。

「多分だけど……ベレトは意識しないように立ち回っているのかもしれないわ」

「ど、どういう意味ですか」

「あたしが言うことは全て想像よ？　だから半信半疑で聞いて欲しいのだけど……なにか後ろめたい気持ちがあるから、あえて考えないようにしているんじゃないかって思うの。最近は特にね」

「すみません。もう少し詳しくお願いします」

眉に力を入れて難しい顔をするエレナと、熟考のスイッチを入れたルーナは一言一句聞き漏らさないように、半歩ほどさらに近づいた。

「あなたは知らないでしょうけど、ベレトは今と昔で印象も雰囲気もなにもかもが違うのよ。昔は周りを見下している節さえあったわ」

「つまり、人格が変わったとでも言うのですか」

「そ、そうは言ってないわ。ベレトはきっと演技をしていたのよ。侍女のシアを立派に成長させる目的で。ほら、人を成長させるには恐怖心を与えた方がいいって言うでしょ？　だから、その関係で」

「なるほど。『自分はどう見られてもよい』との覚悟が感じられるので、彼は相当厳しい指導をしてたのでしょうね」

「ええ、悪い噂《うわさ》が広がるのは当然ってくらいに」

「ちなみに演技だと感じられた理由は」

「ベレトが優しくなった時期は、シアが優秀な成績を続けて残していた時期と被《かぶ》るのよ。これには信憑《しんぴょう》性があるでしょう？」

「そうですね」

　中身が入れ替わるなんて概念はこの世界にはない。

　現実的なことを挙げれば、エレナの言う『演技』になる。

「……だから、演技だったとはいえ周りを不快にさせてしまった過去があるから、自分が幸せになっていいのか、みたいな変なことを考えている可能性があるのよ」

「あの人は誠実な人ですから、過去を引きずっていることは十分考えられますね」

「間違いなく引きずってるわよ。この前なんか『改めてシアに謝らないと』とか言ってたくらいだから」

　全てを想像で話しているエレナだが、今までのやり取りの中で結びつけられる点が多々あるのだ。

「それに、ベレトって中身を褒められると嬉《うれ》しそうにするけど、容姿を褒められても嬉しそうにしないのよ。少し的外れな意見になってしまうかもだけど、周りを不快にさせた過去を気にしているから、中身を褒められた方が嬉しいんじゃないかって」

「あの人ならば、自分の印象を下げるような方法を取らずとも、シアさんを立派にさせる術《すべ》はいろいろ考えつくような気もしますけどね」

「どの家に仕えても頑張れるようなメンタルを作りたかったのかもしれないわね。中には恐怖で侍女を支配するような家もあるから、その対策を行うなら自分が怖くなるしかないでしょ？」

「っ」

ここでルーナが思い出すのは、シアが男子から言い寄られていた現場……。

どれだけ誘っても頷《うなず》かないシアにプライドを傷つけられた男が、彼女の腕を摑《つか》もうとし、……その手を振り払い、冷徹な目で威圧しながら堅固な姿勢を取っていたところ。

ベレトの指導のおかげであの自衛能力が身についたとなれば、納得できることだった。

「今のベレトと接していればわかるでしょ？　シアを本当に大切にしていること」

「ですね」

「ふふ、まあそんなわけだからあたし達も大切にしてもらわなきゃよね、ルーナ？」

「……い、いきなり恥ずかしいことを言わないでください。わたしは貴女のように強くないのですから……」

当たり前の願いでありながらも、突然のからかい。

エレナに顔を近づけられたルーナは、一歩後ろに下がって耳を赤く染めながら下を向く。

「あなたの照れた顔は初めて見たわ」

「あ、あの、わたしをからかうと言いますからね。彼に……貴女の先ほどのセリフを」

「あら？　あなたは大胆なのね。それを言うなら一緒に想《おも》いを伝えてもいいけど？」

「も、もう……いいです」

「ふふっ、今のあなたの顔をベレトにも見せたいものだわ」

『一緒に』と声にしたエレナなのだ。それを伝えるのならば、ルーナも含んでいることになる。

この手の話題では、どうしても勝てないルーナ。

そして、彼女に余裕があれば気づいていただろう。

「まあ……本当、お互い頑張りましょうね。……アイツの枠にお互い入れる可能性はあるのだから……」

——長い髪で隠した顔を真っ赤にさせていたエレナに。

＊＊＊

それから翌日の朝になる。

「それは本当のお話？」

「はい。意識をしてもらう際に一番必要なことは、ギャップを見せることらしいです。エレナ嬢でしたら、甘えるような素ぶりを見せるだけでも効果的ではないでしょうか」

「うーん。甘えるって本当に難しいのよ？　恥ずかしいし」

「難しいからこそ、効果的なのでしょうね」

　レイヴェルワーツ学園の園庭に備えられた噴水の前に腰を下ろすエレナは、ルーナと雑談を始めていた。

　登校時間が偶然被ったこともあるが、『紅花姫』と『本食いの才女』の組み合わせは周りから見ても大変珍しいもの。多くの注目を集めていた。

「甘えると言っても晩餐会《ばんさん》中にそんな時間はあるかしら」

「やはり会場から抜け出した後ではないでしょうか」

「……それってなおさら難しいと思わない？　晩餐会だからアイツも素敵な格好でくるでしょうし……。印象が違うのは厄介なのよ」

「シアさんが専属でついておりますから、欠点のないように仕上げてきますよね」

「間違いないわね」

　夜会だからこそ、皆が普段以上にオシャレをしてくる。

　意中の相手がそのようなことをしてくるのは、普段以上に緊張を増してしまう要素である。

「だから……少しだけ手加減してもらうようにお願いしてみる？」

「そのお願いが通る方でないのはエレナ嬢が知っていることでは」

「はあ……」

諦めのため息である。

「本当、アイツが鈍感で変なヤツじゃなかったらこんなに苦労することはなかったのに」

「彼らしいので、わたしは好ましく思っていますよ」

「そのせいでゴールができなかったら意味がないじゃない」

「……間違いありません」

エレナが納得させられたら、今度はルーナが納得させられる。

二人が会話をするようになってまだ間もないが、周りには言えない秘密を共有しているからこそ、距離が縮まるのも早いのだ。

「あ。エレナ嬢、見えましたよ」

「――楽しそうな顔をしちゃって」

二人は見る。小柄な専属侍女と楽しそうにやり取りしながら学園内に向かってくる男を。

「大声を出すのははしたないですよね。ご挨拶をするために近づきますか」

「ねえルーナ。あの子を三秒ほど見つめてみてちょうだい。面白いことが起きるから」

「わかりましたが……」

面白いこととは一体？　そんな疑問を抱えて言葉通りに従えば――本当に面白いことが起きた。

三秒ほどが経《た》ち、ルーナがその子から目を逸《そ》らそうとした瞬間だった。

「っ」

その人物は視線を感じ取ったようにこちらに顔を向けてきたのだ。

「ね？　面白いでしょ？」

「他貴族が引き抜こうとするのは当然の心理だと言えますね」

優秀すぎるからできること。主人と会話をしながら周りにも気を配っていなければできないこと。

その侍女は主人に教えるような動作を見せ、共にこちらに歩いてくる。

「おー！　おはよう二人とも」

「おはようございますっ！　エレナ様、ルーナ様」

「ごきげんよう」

「ご丁寧にありがとうございます」

それぞれ別の挨拶になるのは、身分がまばらの四人だから。

「なんか珍しい組み合わせな気がするけど、二人はなにを話してたの？」

「さあ、なんでしょうね。シアには教えてあげられるけど」

「あっ」

もうこれだけで察したような小声を上げるシアであるが、全然気づかないベレトはこう聞く。

「……ルーナ？」

「エレナ嬢と同じです」

「な、なんか俺だけ仲間外れじゃない!?」

「それはいつものことでしょ？」

「ふふ」

「も、もうちょっと優しくするように努めてほしいなぁ……」

正論をエレナが放てば、口元を押さえて控えめに笑うルーナがいて、静観するシアは優しく微笑《ほほえ》んでいる。

三人に囲まれるベレトに嫉妬の眼差《まなざ》しが向けられているのは、本人だけが知らないこと。

「……それにしても、わたしがこの輪の中に入れるなんて思ってもいませんでした」

ベレト、エレナ、シア。この三人が仲良く話している光景を図書室の窓から覗《のぞ》いたことがある。

羨ましく思っていたことが、いつの間にかこうして叶《かな》っていたのだ。

「ちょっとエレナがうるさいけど、それでもよかったらいつでも入ってよ」

「ルーナ、こんな嫌味なヤツがいるけど、あたしが守ってあげるから安心してちょうだいね」

「ありがとうございます。とても頼りになります」

「な、なんか自分よりも二人仲良くない？　エレナに至っては『ルーナ』呼びになってるし……。晩餐会の日は俺にもちゃんと構ってよ？　じゃないと本当に寂しいから」

「ふふっ、わかっているわよ」

「わたしもお声をかけにいきますね」

そして言葉を続けて――。

「あの約束守ってくれたらだけど」

「あの約束守っていただけるのなら」

エレナとルーナは声色に緊張を含ませながら、そう話を完結させたのだった。

エピローグ

その日の夜。

ベレトが寝室に入ったことで自由時間になったシアは、月明かりに照らされた広間にポツンと座っていた。

もちろん、ボケーっと座っているわけではない。

シアはとある作業を行っていた。

──拭き拭き、拭き拭き拭き拭き拭き。

台にタオルを敷き、その上に宝物を置いて汚れを取るという作業をかれこれ十分も。

実際、その宝物に汚れがついているわけではない。ついているとすれば指紋くらいだろう。誰がどう見ても綺麗《きれい》な代物《しろもの》だが、それでもこだわる理由があるのだ。

「ん、これで綺麗になりました。傷の方も……なしですね」

タオルの上に置かれたシアの宝物は二つ。

黄色の髪留めと、紫の天然石が装飾されたネックレス。そう、これはベレトからプレゼントされた品である。

「ずっと大事にして、ずっと大切にして、ずっと使い続けたいなぁ……えへへ」

特別な気持ちになるのは当然。

これからも隣で仕えたい、と思っているご主人から初めてプレゼントを渡されたシアなのだから。

「私のために選んでいただいたプレゼント……。ふふっ」

頭上にたくさんの音符を浮かべているご機嫌なシアは、満面の笑みで宝物を見つめる。

完全に一人の世界に入っている彼女だが、聞き慣れた声を耳に入れることで我に返ることになる。

「シアー？　そんなところで一体なにをしてるのかなぁ～」

「っ⁉　べ、ベレト様っ……⁉」

『どうしてこの時間に⁉』なんて驚きの声を上げる彼女に、一歩ずつ近づきながら説明していくベレトである。

「今日はなんだか部屋に戻る様子がなかったから、こうやって様子を確認しにきたんだよね」

「そ、そうでしたか……」

「別に今回のことを咎《とが》めはしないけど、前にも言った通り自由時間になったら体を休む時間に充《あ》ててほしいな。無理をさせるわけにはいかな――」

この時間にやり残した仕事をこっそりとしている。なんて思っていたベレトは、このタイミングで自身の勘違いに気づくことになる。

シアに近づいたことで視界に入ったのだ。

月明かりに照らされ、反射する黄色の髪留めと紫の天然石が装飾されたネックレスを。

当然、これには心当たりがある。自分がプレゼントした品だと。

「ん？　シアはなにしてるの？」

「あ、あの……。ベレト様からいただいたプレゼントを綺麗にしておりました……」

「自分の部屋じゃなくて、わざわざここで？」

「はい。ベレト様からプレゼントをいただいた場所がこちらなので……」

「と言うと？」

肝心な答えを言われたわけではない。首を傾《かし》げて聞き返すと、シアは宝物をタオルで包み込み、恥ずかしそうに微笑みながら詳しく言うのだ。

「プレゼントをいただいた場所がこちらなので、そ、その時の嬉《うれ》しい気持ちを思い出しながら綺麗にしておりました……」

「ッ」

「へ、変なことを口にしてしまってすみません！　でも、私にとってはそれくらい嬉しくて……ですね」

「あ、あはは……。なるほど」

両手を合わせ、顔の下半分を隠すようにして上目遣いで伝えてくる。

周りが暗いためにシアの表情はあまり窺《うかが》えないが、庇護《ひご》欲を掻《か》き立てられてしまう。

「ありがとうね、本当」

「ぁ……」

黄白《こうはく》色の髪の上にポンと手を落とすと、小さな声を漏らすシアは慣れたように頭を突き出してくる。

以前はこんなスキンシップを取ることなんてできなかった。考えもしていなかった。

二人の距離が本当に縮まった証拠である。

「あのさ、シア。今さらこんなことを言っても遅いけど、俺もシアに負けないくらい嬉しかったよ。プレゼントのお返しにペンをくれた時。エレナに自慢したくらいなんだから」

「それはお世辞でも嬉しいです……」

「お世辞じゃないよ。本当に」

会話を続けながら手を動かすベレトは、シアの頭を優しく撫で続ける。

すると、小さな重みが体に加わってくる。

「シア？　もしかしてもう眠い？　体寄りかかってるけど」

「いえ……」

「じゃあなにか嫌なことでもあった？」

「……」

「ん？」

「贅沢《ぜいたく》なことを口にしてしまうのですが、やはり私はベレト様以外の方にお仕えしたくないです……。この先もベレト様をお支えしたいです……」

夜も遅く、仕事のスイッチも切れ、ご主人と甘い時間を過ごしているからこそ、普段と違う感情が湧き出てくるシアである。

上目遣いで想《おも》いを伝えてくるシアに頭を撫でる手を止めるベレトは、首を傾けて眉を上げていた。

「あれ……？　もしかして信じてない？　卒業後はその道はちゃんと作っておくって言ったこと」

「も、もちろんベレト様のお言葉は信じております。その、ですが……もう一度お伝えしたくなりまして……」

「そ、そっか」

小さな手を重ね、恥ずかしそうにそわそわしているシア。

そんな彼女には、抱擁したくなる可愛《かわい》さがポワポワと浮かんでいた。

理性を失っていれば、気持ちのままに動いてしまっただろう。

ベレトはこの気持ちを誤魔化すように、視線を台の上に変える。

「……でも、シアがこんなにプレゼントしたものを大切にしてくれていたなんて思ってなかったよ。もちろんガサツに扱ってるって思ってたわけでもないけど、宝石のような価値があるわけでもないから」

ベレトは見る。

タオルの上に置かれたネックレスと髪留めを。

本当に丁寧に扱っているのだろう、少しの傷すら見えない。プレゼントした時と同じような状態を保っていた。

「私にとっては宝石以上の価値がありますから」

「そう？」

「当然です。ベレト様にプレゼントしていただけたものなら、道端に落ちている小石だって宝物になります」

「はは、そんなものをプレゼントしないけどね」

見事な忠誠心を見せられ、苦笑いをしながら話を切るベレト。いや、元々話を長引かせるつもりはなかったのだ。

「じゃあほら、そろそろシアも自分の部屋に戻ろっか。夜も遅いし、冷え込んでるから風邪引くよ」

「はい。ありがとうございます」

そうして、ネックレスと髪留めが重なり合わないよう器用にタオルで包んだシアは、両手で胸に抱え込んだ。

「では、ベレト様の寝室までお送りいたしますね」

「今はもう自由な時間なんだから気にしなくていいのに」

「侍女の身ですから、このようなことは譲れません」

「うーん。残念ながら俺も譲れないところなんだよね」

「ベレト様もですか？」

「だって俺を寝室に送った後、またここに戻ってくる可能性があるでしょ？　シアのことだから」

「そ、そのようなことは決して……」

絶対に戻ってくるとは思っていない。ただ、その可能性がある以上、こちらとしても譲ることはできない。

いつも多忙なシアには早く休んでほしいと思っているベレトなのだから。

「じゃあ、はい」

ベレトはこの時、シアに向かって手を差し出す。

「ほら、シアは左手を出して」

「お手を……ですか？」

まだなにも察していないようだ。『なんだろう？』と言うようにパチパチとまばたきをしながら左手をゆっくり伸ばしてくる。

「はい、ご協力ありがとうございます」

「っ⁉」

その手を、ベレトはすぐに摑《つか》む。摑みながらお礼を言うのだ。

「これでシアを部屋まで引っ張る準備が整いました」

「なっ、なっ……」

プルプルと華奢《きゃしゃ》な手が震えている。動揺に恥ずかしさにいろいろな感情が混ざっているようだ。

「はい、進むよ。周りも暗いから気をつけてね」

「あ、あの、待ってください……！」

「嫌」

「ベレト様にそんなことをさせるわけにはいきません！」

「気にしない気にしない」

「お手を、お手を……」

そして、シアはこの次の言葉を言えなかった。

『離して』と言えなかった。

とある感情が邪魔したのだ。

この手を離したくない……。

まだ、手を繋《つな》いでいたい……。

この私情一つで。

「手を、どうかした……？」

「……いえ。な、なんでもございません……」

「わかった」

シアは私情に負けてしまった、甘えてしまった。

『今はもう自由な時間なんだから気にしなくていいのに』なんてベレトの言葉を。

そんな彼女は、この時間を堪能《たんのう》するようにベレトの手を握り続けていた。

自分の部屋が近づくにつれ、少しずつ手に力を入れて……。


その後——部屋に着いたシアはすぐにベッドに入っていた。

左手に右手を添え、抱きしめるように丸まった体勢で……。

「ベレト……様……」

シアは顔を赤らめていた。

左手に残るベレトの手の感触を思い出しながら、胸の鼓動を速めていたのだ。

あとがき

皆さまお久しぶりです。

春の大型連休とも言われるゴールデンウィークはお楽しみになりましたでしょうか！

わたしは大きな抱き枕を購入しに出かけて、気持ちのよい睡眠を取れるようになりました！

さて、ご挨拶もこの辺にしまして。

この度は『貴族令嬢《きぞくれいじょう》。俺《おれ》にだけなつく』の２巻をお買い上げいただき、本当にありがとうございます。

本巻では、エレナさんとシアさんの二人に焦点を当ててのストーリー進行となりましたが、お楽しみいただけたでしょうか。

前巻と同様に頑張りましたので、よい感想を持っていただけたら幸いです。

それに加えて素敵なイラストで作品に華を添えてくださったイラストレーターのGreeN様、本当にありがとうございました。

『シアさんを口絵で見たいです！』とのわがままを快く受け入れてくださり、とても嬉《うれ》しかったです。

また、本作に関わってくださった方々のおかげで出版することができました。本当にありがとうございます。

次巻は晩餐《ばんさん》会の回となる予定です。

新キャラクターの登場も予定されておりますので……続刊できますことを祈りまして、あとがきの方を締めさせていただきます！

改めて本作をご購入いただき、誠にありがとうございました！

夏乃実《なつのみ》

お便りはこちらまで

〒一〇二‐八一七七
ファンタジア文庫編集部気付
夏乃実（様）宛
GreeN（様）宛

富士見ファンタジア文庫

貴族令嬢《きぞくれいじょう》。俺《おれ》にだけなつく 2

令和５年５月20日　初版発行

著者――夏乃実《なつのみ》

発行者――山下直久
発　行――株式会社KADOKAWA
〒102-8177
東京都千代田区富士見2-13-3
0570-002-301（ナビダイヤル）
印刷所――株式会社暁印刷
製本所――本間製本株式会社

ISBN978-4-04-074976-1 C0193 ◇◇◇

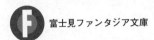

無自覚最強
ハーレム!
シリーズ
好評発売中!
妹が女騎士学園に入学したらなぜか救国の英雄になりました。
僕
ぼくが。
After my sister enrolling in Girl Knights'School, I become a HERO.
author.
ラマンおいどん
ill. なたーしゃ

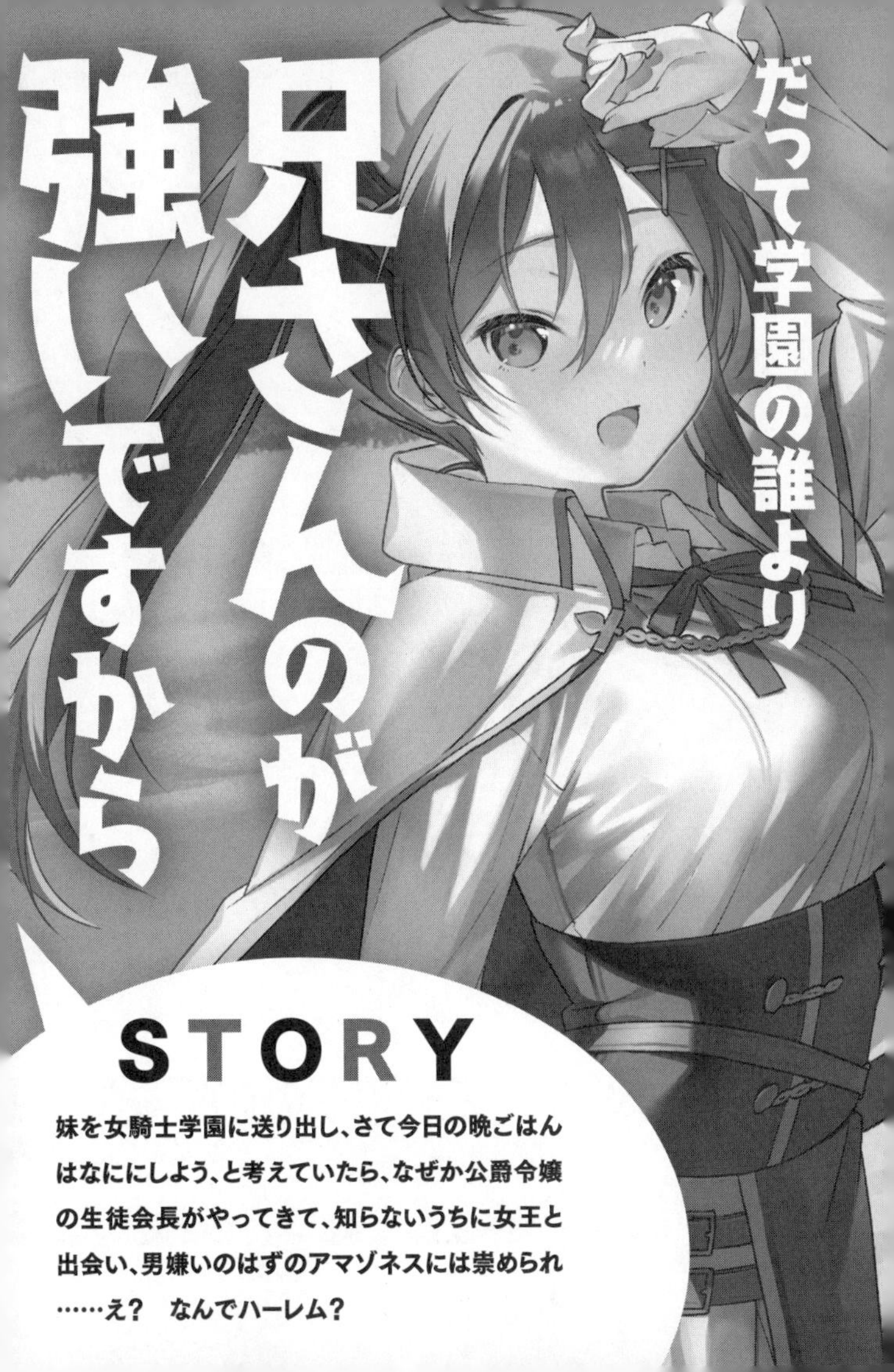
だって学園の誰より
兄さんのが
強いですから
STORY
妹を女騎士学園に送り出し、さて今日の晩ごはんはなににしよう、と考えていたら、なぜか公爵令嬢の生徒会長がやってきて、知らないうちに女王と出会い、男嫌いのはずのアマゾネスには崇められ……え？　なんでハーレム？

双星の
無名の青年が天下無双の大活躍！
彼の前世は、最強の英雄だ！
華流転生ソードファンタジー。

シリーズ好評発売中！
天剣使い
HEAVENLY SWORD OF TWIN STARS
名将の令嬢である白玲は、
一〇〇〇年前の不敗の英雄が転生した俺を処刑から救った、
才ある美少女。
それから数年後。
始まった異民族との激戦で俺達の武が明らかに――！
最強の白×最強の黒の英雄譚、開幕！
ファンタジア文庫

これは世界を救う
久遠崎彩禍。三〇〇時間に一度、滅亡の危機を迎える世界を救い続けてきた最強の魔女。そして——玖珂無色に身体と力を引き継ぎ、死んでしまった初恋の少女。
無色は彩禍として誰にもバレないよう学園に通うことになるのだが……油断すると男性に戻ってしまうため、女性からのキスが必要不可欠で!?
シン世代ボーイ・ミーツ・ガール!
王様のプロポーズ
1
King Propose
橘公司
Koushi Tachibana
[イラスト]——つなこ

最強の初恋
シリーズ
好評発売中!
ファンタジア文庫

僕、兄貴のこと
すっごく好きだよ！
シリーズ
重版続々
大ヒット
発売中!!

学校
……じろじろ見ないで
【朗報】
俺の許嫁になった地味子、家では可愛いしかない。
\ラブコメ/
秘密の結婚生活！

ファンタジア文庫
甘えていいし？
家
著者：氷高悠
イラスト：たん旦
親同士の約束で俺に嫁（3次元）ができた!?
相手は地味で目立たない同級生・綿苗結花。
「最近の推しは誰ですか!?」「遊くん…って呼んでもいい？」
趣味もピッタリ、意気投合。
しかも、慣れたら学校では想像できないほど大胆に！
彼女の素顔と、2人だけの生活は可愛さしかない!?
クラスのあの子と

騙しあい。

各国がスパイによる戦争を繰り広げる世界。任務成功率100%、しかし性格に難ありの凄腕スパイ・クラウスは、死亡率九割を超える任務に、何故か未熟な7人の少女たちを招集するのだが──。

シリーズ
好評発売中！

ファンタジア文庫

世界最強の
“不可能任務”に挑む少女たちの
痛快スパイファンタジー！
スパイ教室
竹町
illustration
トマリ